FICHA CATALOGRÁFICA

(Preparada na Editora)

Frungilo Júnior, Wilson, 1949-

F963v *O Velho e o Padre* / Wilson Frungilo Júnior. Araras, SP, IDE, 1ª edição, 2020.

128 p.

ISBN 978-65-86112-05-4

1. Romance 2. Espiritismo. I. Título.

CDD-869.935
-133.9

Índices para catálogo sistemático:

1. Romance: Século 21: Literatura brasileira 869.935
2. Espiritismo 133.9

O VELHO & O PADRE

ISBN 978-65-86112-05-4

1ª edição - setembro/2020

Conselho Editorial:
Doralice Scanavini Volk
Wilson Frungilo Júnior

Produção e Coordenação:
Jairo Lorenzeti

Revisão de texto:
Mariana Frungilo Paraluppi

Ilustração e capa:
Samuel Carminatti Ferrari

Diagramação:
Maria Isabel Estéfano Rissi

INSTITUTO DE DIFUSÃO ESPÍRITA - IDE
Av. Otto Barreto, 967
CEP 13602-060 - Araras/SP - Brasil
Fone (19) 3543-2400
CNPJ 44.220.101/0001-43
Inscrição Estadual 182.010.405.118
www.ideeditora.com.br
editorial@ideeditora.com.br

WILSON FRUNGILO JR.

Romance Espírita

O VELHO & O PADRE

SUMÁRIO

APRESENTAÇÃO

O OBJETIVO deste livro é o de proporcionar um primeiro contato com os princípios básicos da Doutrina Espírita através de uma história que certamente levará o leitor a compreender, acompanhando os passos e as considerações do personagem, que a vida, criada por Deus, não é revestida de mistérios nem de dogmas incompreensíveis.

E a encontrar, com um raciocínio simples e lógico, o motivo para as desigualdades entre os homens, a certeza da imortalidade do Espírito, a existência de um Deus de amor, justo e misericordioso, a nos oferecer inúmeras oportunidades de aprendizado para a elevação espiritual, rumo à imorredoura felicidade.

Com um enredo cativante e, por vezes, divertido, este romance, de maneira cristalina e descomplicada, vem demonstrar que a doutrina dos Espíritos é uma religião puramente cristã, uma filosofia voltada à serenidade interior, e uma ciência extremamente racional.

Enfim, uma obra que encerra conhecimentos sobre as verdades da vida, propiciando singela tranquilidade para vivê-la com alegria e amor no coração.

Equipe editorial

1

O INFINITO & O NADA

NA solidão da madrugada, do frio protegido por jornais de assuntos vencidos, notícias boas, outras nem tanto, admira, o pobre homem, distraídas estrelas que parecem habitar somente a escuridão da noite.

De manhã, não mais as vê e, quando criança, lembra-se bem, pensava sobre o porquê de elas partirem. Temeriam a presença do Sol? Ou simplesmente lá ainda se encontravam, apenas escondidas, envergonhadas diante da ofuscante luz do grande astro? Hoje, disso certeza tem.

Ouvira dizer que se localizavam a grande distância e que a imagem delas poderia levar muitos anos até chegar a nós. Pouco consegue entender disso, velocidade da luz, mas aceita as palavras de velho professor que, por vezes, se digna de dirigir-se a ele, pobre habitante das ruas.

Até chegara a lhe dizer, o sábio homem, que aquela imagem seria de distante passado. Também lhe contara, ocasião outra, que o céu em volta da Terra não tinha fim. Infinito, era esse o nome, e ele o guardara na cachola de boa memória, quase vazia de letras.

Também ousara perguntar, após saber da existência de outras terras, nesse tal de mundão sem fim, agora por ele sabido chamar-se Universo, se isso tudo não estaria, por sua vez, dentro de algum espaço, que já ouvira falar ser chamado de Nada. E, se assim o fosse, e esse Nada? Teria fim? Nem o professor soubera explicar.

Vez mais, inconformado com a insistente dúvida, pois de resto nada mais deseja saber, a não ser se irá nesse dia preencher o bucho de comida, num repentino clarear da mente a dar a questão por resolvida, num salto de alegria, hasteia em pé a sofrida carcaça de quase noventa anos, e exclama em alto e bom tom:

– Descobri, e essa teima não mais me pertence! Se o homem não sabe, Deus sabe.

Afinal, foi Ele quem inventou...

2

ERNESTO

ESSE é o seu nome, pouco usado o sobrenome, e há muito já não os traça. Não frequentara escola, e letras justapostas lhe dizem poucas palavras. Aprendera algumas por dedução, é inteligente. Sabe possuir oitenta e sete de idade e nota cem de memória, lembrando-se com detalhes de que cuidar de porcos foram-lhe os folguedos desde os sete. Um bom homem esse velho das ruas. Casar, casara, mas filho e esposa, não mais os tinha por força de morte, nem parentes. Amigos esvaíram-se aos poucos, desde há muito, por força de vida mesmo, e hoje não faz ideia se vivos ainda se encontram. Conforma-se e até se agiganta com o pensamento de que, se bem matutasse, o maior de seus males estaria no viver demais, além mesmo da conta.

E o que fazer? Sem opção outra, adotara a rua por moradia, e sua principal preocupação material era a de recolher sucata reciclável, apenas o suficiente para abastecer o corpanzil que enverga.

Com uma carroça, de madeira catada aqui, ali e acolá, sabe-se onde, e mais um rodeiro com rodas de borracha, a ele presenteado por proprietário da sucata compradora, Ernesto percorre ruas e mais ruas, na segunda metade das madrugadas, em busca do precioso vasilhame alumínico das latas de refrigerante ou cerveja, e também de papelão por vezes.

Ernesto vive disso há alguns anos, desde que se viu a sós com o mundo, e recebe benéfica ajuda de alguns bares e restaurantes que se propuseram a lhe reservar esses descartáveis. Também conhece lugares nos quais esse cilíndrico metal pode ser encontrado em alguns horários antes do amanhecer.

Vida nada fácil para um avelhantado homem só.

Dormir costuma das oito da noite até zero mais três horas, quando parte, puxando ou empuxando a já velha carroça, fungando ambos pelo esforço.

Em calçada defronte de posto policial, sob generosa marquise de um comércio e a caridosa vista grossa que lhe fazem os homens da lei e o comerciante, com segurança passa tranquilos e seguros momentos de descanso físico noturno, sem regramentos, a não ser limites de tempo.

Pensa muito no seu viver como na morte muito pensa, principalmente por possuir idade tal que o qualifica como alguém prestes a ver-se, a qualquer momento, frente a frente com o caveiroso e sua foice, a lhe acenar com a mortalha.

Mas também convicto é de que, se um dia conseguir compreender a morte, sairá vencedor, não por força de ela não o abater, mas por saber que irá vencê-la pela audácia do destemor. Pouco conhecimento detém, sabe disso, ignorante se considera, mas, teimoso como só, fica sempre a se interrogar sobre a vida... e sobre a morte.

3

O MÉDICO LEÔNCIO

– BOA tarde, seu Ernesto. Há algum tempo não nos vemos – cumprimenta o doutor Leôncio, conceituado médico que, sempre ao toque da campainha de sua casa, acionada pelo velho, um bom prato de comida lhe oferta, seguido de prazeroso diálogo. O homem da rua, com o largo sorriso que a face não abandona, e com a grave voz, particularidade agradável aos ouvidos dos que o ouvem, responde ao cumprimento do benfeitor.

Há duas semanas, diz, tem logrado poupá-lo do aborrecimento de sua presença, resposta que, com simples movimento de mãos, acompanhado de um sorriso amigo, o médico contesta.

Mesmo assim, Ernesto explicação lhe dá, dizendo que premido fora a essa visita por não mais suportar o rumoroso e insistente roncar do ventre, como se alarme estivesse a lhe indicar a necessidade de alimento. E completa asseverando, certeza disso possui, que Deus deve ter criado esse sonoro incômodo, a manifestar-se desde as entranhas, para lembrar o homem dessa necessária providência.

Doutor Leôncio ri e, por conta de irreprimida curiosidade, indaga àquele ser de oito décadas mais alguns tantos anos, ali à sua frente, se ainda acredita na existência desse Deus, recebendo pronta resposta com sincero "sim" e com indisfarçável brilho nos azulíneos olhos, encravados em funda órbita delimitada por notável cavidade óssea.

A sorrir ainda, o dono da casa convida o velho a entrar, a depositar o pesado e cansado corpo num dos degraus da escada e a aguardá-lo, apenas tempo suficiente para preparar-lhe um prato de comida e dedicar-lhe alguns minutos de boa prosa.

Sem muita demora, prato em uma das mãos e caneca com água na outra, entrega-os ao velho, sentando-se à sua frente, numa protuberância alta de um dos canteiros, em respeitoso silêncio.

Após metade da refeição deglutida por Ernesto, olhos fixos nos do amigo de avançada idade, doutor Leôncio, voz pausada, tranquila, e ares de conhecimento, inicia explanação sobre a crença professada pelo velho que, enfático e confiante, atribuíra a Deus a existência de um simples ronco estomacal.

O pobre, calado, ouve as palavras do amigo médico, que deseja convencê-lo, em fala convicta, da inexistência de um Criador, atribuindo o surgimento de tudo a uma explosão de estranho nome. Ao terminar, indaga a Ernesto se compreendera o que dissera.

Balanço afirmativo da cabeça sinaliza ter compreendido, mas desculpa-se, afirmando não terem sido suficientes as palavras para dele desviar o pensamento da existência do Criador e que, se provado fosse o que naquele momento ouvira, essa tal de explosão teria sido, com certeza, pelas mãos de Deus causada.

4

AINDA o DOUTOR LEÔNCIO

COM o simples raciocínio do velho ignorante a lhe embaçar as ideias, o médico torna à carga, acabando por perder-se tal e qual aquele que, de raciocinar, engana-se ao colocar palavras à frente do pensamento. E ao ouvir o doutor Leôncio afirmar que nunca Deus fora visto por alguém, o pobre mendigo, pensamento à frente da fala, estende em concha as duas mãos como se ao amigo estivesse oferecendo algo.

Intrigado, o ilustre facultativo indaga o que ele estaria a lhe oferecer, pois era assim que interpretava aquele gesto.

O morador das ruas humildemente lhe responde que está a lhe oferecer pequena quantidade de ar, impossível de ser tocado, mas fácil de ser percebido ao penetrar nos pulmões, concluindo que, mesmo não o vendo nem tocando, pode-se saber de sua existência e nela acreditar.

A seguir, num impulso cênico, concha das mãos sendo desfeita, ergue-as num rápido movimento, parecendo lançar o ali contido acima de suas cabeças, enquanto, com os olhos a acompanhar o gesto, proclama que Deus, sem enxergado ser, pode ser sentido e percebido em toda a Sua criação, incluindo o ar que se respira e que nos mantém vivos, pois fora Ele quem a tudo criara.

E o doutor Leôncio, sem saber o que mais expor, e para dar algum peso aos seus frágeis argumentos, arrisca-se a dizer que o homem é quem vive, a cada instante, criando novidades mil, em proveito de si próprio.

Com a mesma humildade, contundente e clara contestação expõe o velho ao dizer que, conhecedor das lides do plantio, nunca vira homem algum causar o aparecimento de alguma planta, vinda da escuridão do nada, e que a humanidade apenas cultiva as sementes ou os brotos originados pelos vegetais que já foram criados por Deus, enumerando a seguir, no seu pobre linguajar, várias criações divinas, desde as pedras, as plantas e a própria criatura humana.

E como se, agora sim, do nada surgisse, Mirtes, a esposa do médico, faz-se presente. Passeando que se encontrava pelo jardim da casa, todo o diálogo ouvira e, postando-se ao lado do pobre pedinte, complementa suas palavras, citando Lavoisier, ilustre cientista desconhecido de Ernesto, de cujo nome ele nunca conhecimento tomara, e sua lei, que comprovou a conservação das massas, com a afirmação, por demais conhecida, de que na Natureza nada se cria, nada se perde, tudo se transforma. Mirtes afirmou ainda, trocando em miúdos, que essa lei se refere ao homem que nada cria, e que apenas transforma os elementos da Divina Criação.

Vencido se encontrando, ainda mais pela indiscutível intervenção da esposa, uma vez mais o médico tenta expor novo tema ao assunto, perguntando ao velho o porquê de ser Deus tão injusto, distribuindo alegrias ou tristezas às suas criaturas, até mesmo desde o seu nascer, desfilando, como exemplos, a riqueza e a pobreza, a saúde e a doença, em todas as suas manifestações.

E o velho, olhar baixo, promete ao amigo o que a si mesmo já prometera, que um dia irá encontrar resposta a esse enigma da vida, porque convicto é da existência de justo e sábio motivo para assim o ser.

5

o AMIGO JORNALEIRO

DIAS após, manhã de quinta-feira, Ernesto, como sempre fazia nesse dia da semana, dirige-se a uma banca de jornais e revistas, onde seu Antonio, bondoso proprietário, costumava oferecer-lhe uma xícara de café e um pão francês, com queijo ou mortadela, além de uma agradável conversa.

Também nessa banca, num especial ato de bondade do homem, ficava depositada uma sacola contendo puído cobertor e algumas poucas peças de roupa do andarilho para quando forte inverno chegasse. Normalmente, de agrado era ao velho apenas folhas de jornais como coberta e a dura e irregular calçada como leito.

Banho tomava, dia sim, dois não, em albergue beneficente próximo, onde, por vezes, também decidia repousar o corpo em noites mais chuvosas ou por demais frias. As roupas eram por ele lavadas em pública torneira de uma praça, e a rua era seu lar, apenas permitindo-se, por vezes raras, pernoitar junto a amigos de mesma sorte ou, como diziam alguns, de azar sem conserto, em vãos de enorme viaduto no centro da cidade grande.

E enquanto saboreava a preciosa oferta, o pão a envolver o embutido a lhe escapar pelas bordas, e o jornaleiro atendia os pontuais fregueses da hora, tentava ler, com dificuldade enorme, sílaba a sílaba, e em voz quase audível, as manchetes da primeira e última página do periódico estendido e preso com três prendedores de madeira, um no centro e outros dois, um em cada beirada, qual se roupa fosse num varal.

O último cliente se afasta e, sorrindo, seu Antonio lhe pergunta:

– "Enganação", seu Ernesto? Onde leu isso?

– Aqui, nesta pequena notícia: "En... ga... na... ção... se... rá... te... ma... de... ho...je... em... si... pó... ssio... de... es... pí... ri... tos.

– Deixe-me ver... – pede, com delicadeza e paciência, o homem, saindo da apertada banca de aço, vindo ter ao seu lado – Onde?

– Aqui...

O jornaleiro lê e, contendo o riso, explica ao velho:

– Não, não é nada disso, meu bom rei das ruas. Aqui está escrito "Encarnação será tema de simpósio de espíritas".

– Encarnação? Nunca ouvi falar. Só sei que não estava gostando de ter lido enganação. Já cheguei a ser acolhido, por demais tossir, por uma senhora que disse ser espírita, e fui por ela levado a um pronto-socorro, onde me furaram com injeção, e lá fiquei algumas horas. Até com xarope me presentearam.

– E o senhor parou de tossir?

– Parei. E não era para menos, tomei todo o vidro de um só gole.

– Meu santo Deus, homem, poderia ter morrido!

– O caveiroso não me levou, mas o remédio, sim, derrubou-me, e dormi muito.

O jornaleiro ri até não mais poder e, recomposto, exclama:

– O caveiroso?! Conselho lhe dou, seu Ernesto: pare de atrair essa coisa... vai que ela pense que o senhor muito apreço lhe tenha...

– Tenho não. Até gostaria que aparecesse, com sua ossada toda, para me explicar aonde me levará um dia.

6

A ENCARNAÇÃO

COM misericordioso olhar, o vendedor de jornais o pobre das ruas envolve e, com mansa fala, explana:

– Sabe, meu amigo, o significado da palavra encarnação poderá lhe proporcionar parte das explicações sobre o destino daqueles que se despedem desta vida, quando o portador da temida foice lhes concede mais uma de suas visitas.

– O quê?! Mais uma das visitas do caveiroso?! Uma só já não seria de bom tamanho? – pasmado, indaga o velho Ernesto.

– Acredito, ou melhor diria, tenho certeza de que já nos envolveu com sua alva mortalha por muitíssimas vezes.

– Não estou entendendo, pois coisa dessa nunca aconteceu comigo, e olhe que tenho boa visão, seu Antonio. Quem nas ruas passa a noite dorme e sonha apenas com um dos olhos fechado. O outro atento fica.

E o jornaleiro, mais uma vez, com a simplicidade do velho se diverte.

– Mas o que é essa tal de encarnação, seu Antonio?

– Vamos lá, vou tentar lhe explicar. Encarnação significa que vivemos muitas vidas...

– Como assim? – interrompe Ernesto, diante desse algo novo que de falar nunca ouvira.

– É simples. Quando morremos, Espírito que somos, continuamos a viver, por certo tempo, em outro local do espaço, invisível aos homens, e, quando chegar o momento certo, que somente Deus o sabe, de nascermos num novo corpo, como bebê, em mais uma diferente experiência, teremos outra chance para aprendermos a ser bons. E assim, após muitas dessas vidas, quando nos tornarmos verdadeiros cristãos, crendo em Deus e aos outros amando mais que a nós mesmos, poderemos ficar livres desse caveiroso, já que não mais teremos de viver outra vez na Terra, e sim num mundo melhor. Por enquanto, é isso que tenho a lhe dizer, meu bom amigo.

– Mas... e por quê? – pergunta com interesse.

Antonio, conhecendo o velho há anos, e sabedor da sua inteligência, apesar da falta de instrução, resolve instigá-lo a pensar nesse assunto.

– Seu Ernesto, poderia lhe explicar melhor, mas gostaria que pensasse um pouco nisso, e certeza tenho de que sozinho descobrirá o porquê. E vou lhe dar uma orientação para começar a refletir.

– Uma orientação...

– Isso mesmo. Preste atenção no que vou lhe dizer – diz o jornaleiro, pensando um pouco antes de falar: – "Uns nascem saudáveis, berços de ouro os acolhem, família feliz constituem. E muitos não. Nascem com problemas de saúde, pobres e, muitas vezes, da família distantes".

– Só isso...? – confuso, pergunta o velho.

– Não... há mais uma afirmação importante: "Deus criou o Universo, criou a todos nós e nos ama de igual forma".

E o velho, olhar humilde, aparvalhado ainda, levemente cerra as pálpebras e diz:

– Espero conseguir "matar" esse "o que é, o que é".

– Não tenha pressa, amigo velho. Tente, mas com muita simplicidade, e não se esqueça do que lhe disse: "Deus criou o Universo, criou a todos nós e nos ama de igual forma".

Com um sorriso de satisfação, acreditando agora possuir um ponto de partida, Ernesto agradece, dizendo:

– Um pouco estranha essa tal de encarnação, que nos leva a ter de nascer de novo, mas irei pensar e voltarei quando tiver uma resposta. Uma resposta ou mais perguntas. Estava mesmo necessitado de algo novo sobre a vida para pensar, principalmente nessa diferença existente entre os filhos de Deus.

7

NA MADRUGADA

ERNESTO, madrugada afora, defronte de bares, restaurantes e casas noturnas, a carroça estaciona, já perdendo a força, não o velho caminhante a puxá-la, e sim o movimento noturno dos fregueses. Cambaleantes uns, outros tentando parecer sóbrios, afastam-se, carregando, no olhar, evidente sinal de frustração pelo final das rodadas que o despertador biológico determina, no silencioso alarme de um "não aguento mais".

Alguns poucos, destemidos e teimosos, ainda insistem, mesmo vencidos pelo estupor alcoólico, na já perdida batalha contra a força do horário que reza que quem está fora não entra e quem está dentro a retirar-se é convidado.

Cena idêntica de locais há pouco visitados, a festa agora pertence a outros pontuais e diários frequentadores, obrigados à sobriedade na tarefa da limpeza e arrumação dos estabelecimentos, agora a meia-porta.

Cadeiras, ponta-cabeça sobre as mesas, dão passagem às vassouras e panos de chão, após copos, pratos, talheres e as conhecidas bolachas serem retirados para a necessária higiene.

O velho da rua, o tronco arqueando, num movimento há anos devidamente autorizado, espia por baixo da porta de um desses botequins, emitindo conhecido assobio para o responsável daquele turno, que, logo identificando-o, dá um sinal para que Ernesto o aguarde.

Carroça para mais da metade ocupada, Ernesto se senta na soleira e, com pequena faca, procura resgatar partes ainda comestíveis de duas maçãs, dentre outras poucas frutas recolhidas de recente descarte de um supermercado.

Pouca demora e o senhor uma porta ergue, trazendo considerável número de latas vazias num saco, o odor levedado sobressaindo-se. Sorrindo para Ernesto, o encarregado, de nome Onofre, incumbe-se de depositar a contribuição na carroça, acompanhada de amiga palavra, advinda da admiração pelo octogenário amigo.

Como já o fizera algumas vezes, novamente pergunta a Ernesto qual o segredo para possuir tamanha disposição e aquele sorriso como que esculpido e eternizado a golpes de cinzel. Já sabia qual resposta ouviria, mas gostava de ouvi-la do velho, numa mera frase que possuía o poder de envolvê-lo, transmitindo-lhe coragem e confiança.

Como lhe fazia bem ouvir o "faço o que faço porque Deus me ama e Ele deseja que eu lute pela vida que me deu, e eu não vou decepcioná-Lo" que, convicto, Ernesto proferia. Porém, desta feita, Onofre não consegue mais conter a pergunta que o persegue, insistente dúvida que se lhe entranhava na mente, qual se garras tivesse, cada vez que o velho assim falava, e dispara, mesmo arrependendo-se em seguida:

– Meu amigo, se Deus o ama, por que você vive nessa dificultosa miséria?

Ernesto baixa os olhos por alguns segundos e, quando os retorna em direção ao homem, devolve-os humildes e brilhantes ao afirmar que os muitos momentos de felicidade já vividos foram suficientes para toda uma vida, e que as lembranças dessas experiências a ele bastavam para torná-lo confiante e agradecido. De qualquer forma, confessa, ainda se encontra à procura de respostas para compreender o porquê do sofrimento daqueles que caminham sem terem lembranças que os sustentem.

8

A GRANDE VENTURA

– E PODERIA me contar alguma coisa sobre esses momentos de felicidade vividos? – pergunta-lhe Onofre, sobremaneira interessado, não fazendo ideia alguma do que poderiam ter sido esses momentos. Será que o velho fora detentor de muitos bens, que viera a perder, sendo esse o motivo para afirmar que já usufruíra uma grande ventura, a da riqueza talvez? Não, não poderia. Sempre percebera nele um homem muito simples, de bom coração sim, de fala sensata e caridosa também, todavia, de instrução pouca.

E Ernesto responde que muito teria a dizer, mas que os sentimentos de amor, de carinho e de renúncia sincera, que constituem a felicidade, são difíceis de serem descritos. No entanto, em poucas e pobres palavras, fala sobre sua infância, filho único que fora, cercado de muito amor e dedicação de pai e mãe. Retrata ainda a satisfação de trabalhar aos sete anos em pequena propriedade agrícola e de criação de porcos, que meeiro era seu pai, para timidamente contribuir na sobrevivência dos três, numa oportunidade bendita de sentir-se útil àqueles que o acolheram como filho querido.

Seus olhos brilham "mais que mais" quando relata a união com a amada Judite e a chegada do filho, Armandinho. Ao falar de sua esposa, em predicados perde-se, sublimando sua beleza, chegando a compará-la com o fruto do algodoeiro, na colheita muito trabalhada por ele, em vizinhas terras, em busca de mais rendimento, quando ele e a esposa se tornaram colonos de uma propriedade maior que a de quando criança.

Nesse momento, Onofre, conhecedor dessa lide, pergunta-lhe o porquê da comparação, afinal, colher algodão manualmente é um trabalho de muitas dificuldades.

Ernesto sorri e diz estar se referindo à beleza da esposa como se flor de algodoeiro fosse, com sua alma leve, suave e meiga como o toque das fibras do algodão que adviriam após a floração.

Sobre o filho, há dezesseis anos partido por morte súbita, quarenta e três anos de idade, solteiro ainda, o velho Ernesto se consola na certeza que tem de Armandinho ter sido recebido por anjos do Senhor, tamanha a bondade que, em seu peito, fazia morada. Judite, eterna amada, partira cinco anos depois, como ele agradecida a Deus pela ventura já vivida e na esperança de quedar-se junto ao filho, sabe-se lá em que Céu.

– E como veio a tornar-se um morador das ruas, seu Ernesto?

E o velho lhe explica que, ano e meio depois, por força de dificuldades financeiras, vendida foi a propriedade agrícola a uma empresa imobiliária, e os trabalhadores todos, sem sobra alguma, dispensados foram, indo cada um para um lado, ficando ele sem teto e sem trabalho, até mesmo por causa da idade.

E que, melhor respondendo à pergunta inicial, hoje se considera venturoso pelas alegrias desfrutadas no percorrido caminho, e também pela esperança de um reencontro com sua família.

Onofre, de emoção tomado, ainda pergunta, ansioso por confirmação, se seria, por força desse passado, que o amigo vivia feliz.

O homem das ruas baixa o olhar novamente, pensa por alguns momentos e ao amigo afirma que acredita que Deus deseja a sua felicidade, então, agarra-se às lembranças, que é o que de mais precioso possui hoje, e com elas cria para si um destino de muita alegria, junto aos seus, quando a morte o levar. Só lamenta não saber ainda como será.

9

OUTRA QUINTA-FEIRA NA BANCA

MAIS uma manhã de quinta-feira na banca de jornais, e Ernesto é questionado por Antonio se tinha a alguma conclusão chegado sobre o que havia pedido para refletir da vez última em que lá estivera.

O velho fica por poucos momentos a pensar em uma maneira mais compreensível de responder a essa tão intrincada questão, que muitas horas lhe custara de desassossego, mas que, enfim, devolvera-lhe, após três contados dias, num mísero segundo, num piscar de olhos, como se raio estrondoso de inteligência sobre si desabasse, a solução simples e mais provável sobre tão difícil assunto e, provido de repentina coragem, libera as palavras, sem mais acanho algum.

Com muita calma agora, com palavras do seu pobre linguajar, como se introdução fosse, explica ao jornaleiro que, pelo fato de viver pelas ruas, e apenas por força dessa circunstância, acabou se tornando um observador da vida humana, a dizer melhor, dos transeuntes, cotidianos ou não, que à sua frente todos os dias desfilam.

E que, de observar, percebera que não há uma só criatura igual a outra, no tocante aos íntimos estados emocionais como os da compreensão, satisfação, felicidade, tranquilidade, bondade, desprendimento, e aos seus opostos também, como a incompreensão, a insatisfação, a infelicidade, a intranquilidade, até os atos de muita maldade, estes muitas vezes por ele testemunhados, sem sequer ser notado, pois invisíveis já descobriu serem os que das ruas são habitantes.

Dessa forma, presenciando as atitudes das pessoas nesse mundo que o rodeava, chegou a uma modesta ideia sobre o que lhe havia sido proposto pelo amigo com respeito ao fato de as pessoas nascerem em diferentes situações, umas com dificuldades poucas e outras com desventuras extremas, referindo-se ainda ao que de mais importante considerava, ou seja, que impossível, ou mesmo inadmissível, seria alguém, com uma única vida vivida na Terra, considerar-se merecedor de ser, por angelicais seres, encaminhado ao um paraíso celeste.

Antonio, satisfeito por ver que ele pensara no assunto, pergunta-lhe, então, qual seria o seu pensamento final sobre essas diferenças e a necessidade das encarnações.

Ernesto, verificando antes se algum freguês poderia estar se aproximando da banca, preocupado em não se ver órfão da atenção do jornaleiro, volta a pronunciar-se dizendo que sua mãe querida, Deus a tenha, sempre lhe ensinara que somente os bons, quando o corpo fosse entregue à fria morada da morte, seriam alçados pelos anjos a um bom lugar, de paraíso nomeado, e que os maus, por sua vez, seriam tragados pelos demônios às quenturas do inferno.

E, apesar da crença nas palavras da mãe querida, diz ter sido brindado, por incomum repente de inteligência, com a conclusão de que infactível seria, numa única vida, alguém ter tido tempo e experiências suficientes para realmente ter merecimento desse salvo-conduto, ingresso necessário para o paraíso.

Enfim, Ernesto afirma que passa a cismar que realmente muitas e muitas vidas teriam de ser vividas para tanto.

10

E VOCÊ, ERNESTO?

NESSE momento, Antonio, feliz de não caber em si, pergunta ainda se o amigo, tomando a si mesmo como exemplo, morador das ruas que é, a alguma conclusão chegara sobre a difícil situação em que vivia.

E o humilde homem, prontamente, o que pouco seria esperado, responde que, apesar de pouco conhecimento ter sobre como funciona essa história de se viver muitas vidas, "nascendo e morrendo, morrendo e nascendo", só pode imaginar que essas diferentes vidas, umas melhores outras piores, devam ser consequência umas das outras, para que cada um se aperfeiçoe no que ainda não conseguiu aprender e, com isso, avance o suficiente moralmente para ir para mundos cada vez melhores.

Quanto a ele, diz que, por tudo o que vem remoendo no seu pobre miolo, só pode concluir que teria de passar por essa experiência da pobreza e das sofridas necessidades, a fim de desenvolver a fé e a confiança em Deus que o criou, acreditando que essas dificuldades sejam necessárias, quem sabe, por força de ter ele sido causador delas.

Boquiaberto, seu Antonio lhe indaga agora se tudo isso decisivo seria para ele concluir que Deus não estaria sendo injusto ao permitir que Seus filhos encarnassem, cada qual, em diferentes situações. E com largo sorriso, Ernesto lhe responde que, apesar de toda a sua dificultosa vida, ainda mais invadido de alegria se vê, pois a partir da conclusão chegada, passou a considerar-se uma criatura igual a todas as outras, o que não acontecia, vezes várias, quando ainda assim não acreditava, chegando a amargurar-se um pouco.

E, dizendo que ainda pretendia raciocinar um pouco mais sobre tudo isso, porque compreender já consegue, mas que de mais respostas necessita, despede-se, reafirmando que, de qualquer forma, passou a se sentir tão leve como uma das penas das muitas pombas da praça que, quando pode, alimenta com migalhas de pão.

11

BOM CORAÇÃO

OS primeiros sinais de esmaecimento do dia, com a noite já próxima, trazem um pouco de tranquilidade aos moradores do vão de movimentado viaduto no centro da grande cidade. São catadores de recicláveis que o habitam há bom tempo, alguns com a família, e que, naquele momento, retornam da entrega do material recolhido.

Ernesto, ali de passagem, por demais conhecido dos viventes daquele local, que pela força e coragem muito o admiram, carroça estacionada, descarrega dois grandes sacos com laranjas, entregando-os a Bernardo, um dos líderes daquele ajuntamento.

– Meu Deus! Onde conseguiu essa “laranjada” toda, seu Ernesto?! – pergunta Mário, chegado amigo do velho, ao se aproximar.

– Foi ganhada de um bom coração, Mário.

– E por que não vendeu isso tudinho? Iria lhe dar um bom dinheirinho extra.

– Eu não pedi para mim, pedi para vocês.

– Mas podia vender assim mesmo, homem – insiste.

– Você sabe que não faria isso. Honesto sempre fui e não seria agora, no fim da vida, que iria meu rumo mudar.

Pelos ombros, o homem o abraça e lhe afirma:

– Sei disso, meu amigo, como também sabia o que iria me dizer. Já se alimentou?

– Já sim, e agora vou ao meu canto para descansar. Não demora e já saio atrelado.

– O senhor tem uma maneira alegre de falar dos sacrifícios...

– Nem chega a ser sacrifício e até agradeço a Deus por ter o que fazer e forças para tanto.

Mário fica a olhar fixamente o velho por alguns segundos, até que, sorriso entristecido, baixa o olhar, cruza os dedos das mãos e pergunta, meneando a cabeça num significativo movimento de desconsolo:

– O que será de nós, seu Ernesto? Tenho esposa, dois filhos... Por sorte, moram com os pais dela. Os meninos frequentam uma escola pública e minha Maria trabalha fazendo faxinas. O que ganho ajuda um pouco, mas não consigo melhora alguma imaginar. Sinto que não devo me lamentar, porque não passamos fome, tenho forças para o trabalho e minha esposa também, mas o nosso desejo maior é que nossos filhos consigam ser alguém na vida, e por isso é que vamos continuar lutando...

– Compreendo você, Mário, principalmente pelo fato de terem dois filhos, crianças ainda. Eu não tenho mais ninguém, e logo, logo, o caveiroso deverá vir me buscar...

– Caveiroso?

Após leve risada, o velho explica que é por caveiroso que trata a morte. O amigo acaba por rir também, e seu Ernesto diz que o que mais anseia é que a vida seja eterna e que haja real possibilidade de reencontrar-se com Judite e com seu filho Armandinho, qualquer que seja o lugar do Universo, surpreendendo-se em ter dito essa palavra. Ainda confessa ao amigo a sua certeza na existência de Deus, que a tudo criou, e no Seu amor.

Mário, com o olhar para os próprios pés direcionado, melancólico ainda, pergunta:

– O senhor... de verdade... acha que Deus nos ama? E, se nos ama, por que nos criou tão pobres, que fazemos do trabalho nossa única ocupação, ganhando tão pouco, enquanto outros nem de trabalhar tanto necessitam?

Ernesto pensa um pouco e indaga:

– Mário, alguma vez ouviu falar que já vivemos muitas vidas, que nos servem para aprendermos a ser bons? Que já vivemos em muitas situações? Como pobres ou ricos, saudáveis ou doentes?

– O senhor está falando em encarnações?

– Essa é a palavra.

– Já ouvi falar, mas pouco entendi.

– Pois já estou disso me convencendo, meu amigo, e qualquer dia desses falaremos mais sobre esse assunto. E não desanime, Mário. Trabalhe e confie em Deus, porque Ele confia em nós e na nossa coragem... e em nossa fé. Agora, preciso ir.

12

O SOCORRO

PERTO de cinco horas da madrugada, vamos encontrar Ernesto numa ainda deserta rua da capital, pensamento livre e despreocupado, com alguns sacos de lata e um pouco de papelão no interior de sua carroça, que, a caminho de mais outra coleta, com o corpo traciona.

Entretanto, poucos segundos bastam para que, num reflexo e involuntário ato, consiga esquivar-se de possível atropelamento por um desgovernado veículo vindo em sua direção e que, ao passar por ele, somente interrompe seu curso ao chocar-se com um poste.

Carroça estacionada no meio-fio, corre em direção ao motorista que, corpo ainda sentado no banco, tem a testa a sustentá-lo, apoiada que se encontra no volante do veículo. O velho tenta falar com ele, mas o homem parece encontrar-se sem sentidos e apresenta pequeno fio de sangue a lhe escorrer da fronte.

Sem muito pensar, aproxima a carroça à porta do carro, ajeita as latas, papelão por cima e, após grande esforço físico que lhe faz tremular o peito, logra depositar o desconhecido por sobre sua coletada carga. Examina o carro, apanha uma pasta de couro e mais uma carteira, caídas no piso, depositando-as por sobre o corpo e, desconhecendo a causa de sua última decisão, retira as chaves da ignição, dando-lhes o mesmo destino.

Ato contínuo, fôlego tomado, com seu bamboleante veículo dispara ladeira abaixo, desta feita carregando a carga mais preciosa que já tivera a incumbência e a responsabilidade de transportar. Sabe que a seis ou sete quadras dali há um hospital, e é para lá que bota o rumo.

Porta automática, Ernesto invade o pronto-socorro, carroça adentro, numa estranha mistura de latas, papelões e corpo sem sentidos ocupando o mesmo espaço. Enfermeiros, de início suspeitando a entrada de um velho maluco, em poucos segundos percebem o corpo, além de latas e papelões espalhados pelo lustroso piso, então colocam-no em apropriada maca, enquanto o catador explica o acontecido e informa o endereço em que o carro se encontra.

A atendente toma nota e pede o nome e o endereço de Ernesto, que declara ser um morador de rua, mas, diante da insistência da funcionária, explica onde pode ser encontrado no período noturno, se necessário for.

Naquele mesmo dia, lusco-fusco vespertino, o velho

passa pelo hospital em busca de notícia daquele homem e, satisfeito, sem se identificar, sai de lá em direção ao seu local de repouso. Conhecimento tivera de que o motorista havia tido um infarto, mas que a sorte certamente o amparara, já que fora socorrido em tempo hábil.

13

O DESCONHECIDO

EXATOS dez dias após o acidente, início da noite, um automóvel de boa marca lentamente se aproxima do local em que nosso conhecido catador já se encontra deitado, apenas aguardando o sono envolvê-lo.

Porta abrindo e fechando ouve o velho e, entreabrindo os olhos, percebe figura masculina, paletó e gravata, aproximar-se dele, perguntando, voz baixa e cautelosa:

– Boa noite, senhor. Seu nome é Ernesto?

Sentando-se de imediato, responde afirmativamente, e o não tão desconhecido se apresenta como sendo o condutor do veículo que trombou com o poste e que ele, o catador, como lhe contaram, o socorrera como se humana ambulância fosse, junto a latas e jornais. E disse isso rindo, seguido por Ernesto, que acha graça.

– Pois peço-lhe, senhor, que me perdoe pelas minhas latas e jornais.

– De maneira alguma – responde o homem, complementando que, de qualquer maneira, ele também acabou sendo algo reciclável, fazendo ambos rirem mais um pouco.

Em seguida, sem cerimônias, o ocupante do belo carro senta-se ao lado de Ernesto e lhe diz que ali estava para lhe agradecer pela pronta ajuda. Não fosse ela, afirma, poderia ter morrido, pois somente sobreviveu pelo quase imediato atendimento médico. E que fora uma surpresa para os atendentes a presença dele daquela forma, haja vista ser ele um dos diretores daquele hospital. Também agradece pelo cuidado tido com sua carteira, com a pasta, que continha documentos importantes e boa soma de dinheiro, e com a chave de seu veículo.

Ernesto, por sua vez, modestamente afirma apenas ter cumprido com o seu dever e que feliz se encontra com a rápida recuperação de sua saúde, não sendo qualquer agradecimento necessário.

– Mas gostaria muito de recompensá-lo, senhor. O que gostaria que eu lhe proporcionasse? Sou um homem de posses. Quantos anos o senhor tem? Tem família? Vejo que dorme na rua...

O velho catador responde a todas as perguntas a ele feitas e diz que não deseja e nem mesmo tem necessidade de alguma coisa, e que vê-lo vivo e saudável já é o bastante para recompensá-lo.

14

O PEDIDO

ENTERNECIDO com a resposta daquela criatura, o homem lhe oferece um emprego que, certamente, lhe proporcionaria um maior ganho do que o de latinhas sair catando. E mesmo com a informação que Ernesto lhe dá de que não passa de um semianalfabeto, de pouquíssima instrução, o diretor do hospital lhe explica que o serviço poderia ser o de vigilância ou mesmo o de limpeza e que esse detalhe não seria levado em consideração.

O velho, acanhado olhar, pensa por alguns segundos e, num rasgo de coragem, pergunta ao homem:

– Esse serviço poderia ser dado a outra pessoa? Seria para mim motivo de maior alegria.

– Algum parente?

E o velho catador diz que não possui parentes e que se trata de um grande amigo, moço ainda, que possui família, dois filhos pequenos para criar e que, dentre todos os seus companheiros, é o que mais preocupação lhe causa.

– O senhor tem certeza do que está pedindo?

– Absoluta, senhor.

– Abdicar dessa oferta em favor de outra pessoa? Por quê? Não consigo entender...

– É que já estou bem velho – responde, sem titubear –, acostumado com essa vida que levo e que, certamente, pouco tempo ainda terei para vivê-la. Mas esse moço, tão jovem... Não tenho coragem de agir de qualquer outra forma.

– Terei muito o que aprender na vida, seu Ernesto... – diz o homem, profundamente impressionado. – Tudo bem, farei o que me pede. Peça a esse seu amigo que me procure no hospital. Dê-lhe este cartão com meu nome e a recepcionista o levará até mim. Quero que também fique com um. Se um dia precisar de alguma coisa, qualquer que seja, procure-me. Tem aí meu telefone.

– Que Deus o abençoe, senhor...

– Nelson. Tem tudo aí no cartão – e agora, emocionado, diz: – Devo minha vida ao senhor...

– Não, doutor... Nossa vida pertence a Deus. E, pode crer, não é a primeira vez que a minha errância a rumos certos tem me levado. E somente por Deus e pelo merecimento das pessoas, e é a Ele que deve agradecer. Nas ruas, as madrugadas são sempre cheias de surpresa.

E o médico parte, porém, não sem antes, com forte abraço, envolver aquele velho habitante das ruas que, sem almejar nada para si mesmo, a ele endereça o mais feliz e humilde sorriso que de defrontar já tivera a oportunidade.

15

ERIBERTO

DIAS depois, o velho Ernesto, a caminho do depósito de materiais recicláveis, encontra o jovem Eriberto, dezesseis anos, rumo ao mesmo destino.

O jovem era detentor de algumas dificuldades cognitivas quando solicitado a um mínimo de raciocínio, mesmo diante de questões que apenas baixo grau de inteligência exigissem. Por outro lado, ingênuo e puro nos pensamentos, com facilidade resolvia questões inerentes aos bons sentimentos, pois grande amorosidade seu coração detinha.

Morava com a mãe viúva e dois irmãos, Pedro, com doze, e Clarisse, com oito anos de idade.

– O que aconteceu, Berto? – pergunta Ernesto ao vê-lo com apenas metade da habitual carga em sua carroça de coleta. – Por que tão pouco carrega? Algum problema?

– Boa tarde, senhor. Perdi hora. Mamãe passou mal e precisei tomar conta de meus irmãos enquanto nossa vizinha foi com ela até o Posto de Saúde. Graças a Deus, mamãe disse que já está bem.

Família pobre, a mãe trabalhava como costureira em pequena fábrica de agasalhos, e o adolescente ajudava nas despesas como catador de sucatas.

– Sinto muito por isso, filho, mas vou ajudá-lo. Tive uma excelente coleta ontem e dinheiro não me falta. Vou passar metade da minha carga para você.

– Não, seu Ernesto! Não pode! – exclama o rapaz que, bem conhecendo o velho e sua sempre presente disposição em auxiliar os irmãos da rua, não acredita nessa história de seu Ernesto ter tido excelente coleta e que dinheiro não lhe faltava. – Não posso aceitar!

– Ah, mas vai aceitar, sim – diz o velho, já repassando boa parte, mais da metade do que havia coletado, para a carroça de Eriberto.

– Por favor, minha mãe vai ficar muito brava comigo.

– Sua mamãe não precisa saber – respondeu, sorrindo.

– Nunca menti para ela.

E o velho das ruas, satisfeito com a resposta do rapaz, inteligentemente sai com convencedora proposta:

– Então, vamos fazer o seguinte: no dia em que me encontrar com meia carga, você faz o mesmo. Certo?

– Isso será muito difícil.

– Só Deus sabe, filho, só Deus sabe. A mamãe teve de comprar remédios?

– Não, ela ganhou do Posto.

Sem saber se o jovem estava lhe dizendo a verdade, o velho do bolso saca os poucos trocados que tem e os enfia no de Eriberto.

– Leve isto também. Está me sobrando e não gosto que sobre, pois acabarei gastando com o que não necessito. Sou muito gastador, Berto.

– Não! Não posso aceitar! – preocupado, rebate o bom rapaz, enfiando a mão no bolso para retirar e devolver o dinheiro, tendo o braço seguro pelo velho, que, ao mesmo tempo, pede-lhe que aceite. E Eriberto, envolvido pela vibração de amor que lhe toca os mais profundos sentidos, acaba por acatar a rogativa, embasbacado.

E o velho abraça o jovem pelos ombros, encostando a suada testa em seu peito. A seguir, dispara com sua carroça à frente e, antes de dobrar a esquina, acena ao jovem, dizendo:

– Irei me atrasar um pouco. Por favor, avise ao senhor Castro que irei me atrasar um pouco, para que ele me aguarde. Logo, logo, chegarei lá para lhe entregar a minha coleta.

O rapaz lhe dirige sinal afirmativo com a cabeça.

“Minha mãe sempre fala que na Terra existem anjos para cuidar dos pobres. Esse homem deve ser um deles” – pensa Eriberto. – “Tenho pouca inteligência, até me chamam de doido, mas Deus não se esqueceu de me reservar um anjo amigo.”

16

SEU CASTRO

ERNESTO, após bom esforço, tempo quase vencido, consegue depositar sua carga na balança de Castro, o sucateiro seu amigo. O funcionário, após a pesagem e o pagamento, ao verificar que o catador entregara bem menos do que o habitual, para ele sorri, com ares de conhecedor dos fatos, e o informa de que o senhor Castro deseja lhe falar, apontando para o escritório.

O velho, sem ao menos contá-lo, dobra o pouco dinheiro daquele dia e, juntamente com algumas moedas, coloca tudo no bolso, agradecendo ao encarregado da pesagem e do pagamento, após este tudo anotar em velho "livro caixa".

Respeitoso, solicitando permissão para entrar no pequeno escritório, e no aguardo do convite, estaca à porta.

– Entre, entre, seu Ernesto – pede Castro, fazendo sinal com a mão para que se aproxime e se sente na cadeira defronte à mesa. – Não precisa pedir licença para entrar, meu velho amigo, pois essa porta sempre aberta se encontra para o senhor, esteja eu aqui ou não, não é, Luiz?

E Luiz, o funcionário que atendera Ernesto, e que acabara de entrar também, concorda com conhecido e positivo sinal do polegar para cima apontado.

– Eu já lhe disse isso, patrão, mas seu Ernesto nem café aceita quando lhe ofereço e o senhor não se encontra.

O velho apenas olha para os dois e em silêncio permanece, no aguardo da fala do homem que ele considera benfeitor antes de patrão, até porque vínculo empregatício com ele não possui. Nesse momento, Luiz retorna ao trabalho, deixando os dois a sós.

– Sabe, seu Ernesto, pedi ao senhor que viesse falar um pouco comigo porque... bem... não me leve a mal..., mas gostaria muito se pudesse me explicar algumas coisas. Por favor, não tenho nada com sua vida, com o que faz ou deixa de fazer...

– Seu Castro, pode me perguntar o que quiser. Segredos não possuo, nem imaginar consigo o que tenha de explicar ao senhor, mas se, porventura, cometi algum erro, desculpas lhe peço antes mesmo de me dizer do que se trata.

– Seu Ernesto, por favor, o senhor não cometeu nenhum erro, nem me deve desculpas por nada. Apenas possuo certa curiosidade em atitudes que o senhor toma e que me deixam um pouco confuso e até mesmo preocupado.

Diagonalmente para a direita e para baixo, dirige o velho o olhar, denotando, pela fisionomia assumida, um simples vago no que poderia ser o assunto que confundia e preocupava o homem à sua frente.

– Fique tranquilo, seu Ernesto, não tenho aqui nenhuma reprimenda a lhe fazer, nem mesmo me vejo no direito a tanto. É que tomei conhecimento de alguns fatos que vieram a se somar com alguns outros e que me preocupam. E vou direto ao assunto nos dois mais recentemente ocorridos.

17

A PREOCUPAÇÃO DE CASTRO

– POIS fale, senhor, por favor.

– Tudo bem... – concorda e, limpando a garganta com curto pigarrear, começa a falar: – Acontece, seu Ernesto, que, dias atrás, fiquei sabendo que o senhor conseguiu um emprego para o Mário, certo?

– Certo sim, e tive notícia de que ele irá começar a trabalhar daqui a uns dez dias, mas... algum problema, senhor?

– Não, não, nenhum problema. É que fiquei sabendo disso pelo próprio Mário, que ainda me contou toda a história do acontecido.

– Toda a história...?

– Seu Ernesto, o senhor apenas disse ao Mário que, por um acaso, ficou sabendo de uma vaga naquele hospital por intermédio de um diretor que o conhecia e que lhe dera um cartão para que ele fosse procurá-lo, não foi isso?

– Sim, sim...

– Mas aquele diretor, também médico, contou ao

Mário uma história bem diferente. Falou sobre o acidente com o veículo, o socorro prestado a ele, o emprego oferecido ao senhor, e o seu pedido para que o emprego fosse dado ao Mário...

– Sim, foi como tudo ocorreu, inclusive o Mário me procurou depois e expliquei a ele por que assim decidi, mas... algum problema que compreender não estou conseguindo?

– Nenhum problema, seu Ernesto, nenhum problema... Posso continuar...?

– Sim...

– Hoje, ainda há pouco, o pobre do Eriberto me contou uma história, coitado, até pena tive dele, tão apalermado se encontrava.

O velho meneia lentamente a cabeça, numa inequívoca demonstração de que não via nada de mais no favor que prestara ao rapaz, e, timidamente, pergunta:

– Senhor Castro, por favor, perdoe a minha ignorância, mas poderia me dizer por que se encontra confuso e preocupado?

– Pois não, seu Ernesto. Vamos lá. Pelo que sei, idade bastante avançada o senhor já possui, e não atino como ainda consegue dar conta desse pesado e desgastante trabalho. E eu gostaria muito de saber de onde vem tanta energia, tanta força física, tanta resistência. Também sei que mora na rua em situação precária, ganha apenas o suficiente para se alimentar, sendo que não é raro ter de esmolar um prato de comida, e se adoecer então...

O catador de latas, nesse exato ponto da conversa, ressabiado, com a mão direita erguida, completa a frase última do amigo:

– ... então tenho o cartão do doutor Nelson, que me pediu que o procurasse se viesse a necessitar dele.

18

A RESPOSTA DE ERNESTO

CASTRO coça a cabeça, percebendo que pouco lhe adiantará o que está para dizer ao amigo, mas, de qualquer forma, com franco e respeitoso sorriso, resolve perguntar:

– Por que faz essas coisas? E olhe que de outras tantas loucuras desse tipo também tenho conhecimento. Por que desprezou esse emprego em benefício de outra pessoa e por que deu mais da metade da sua carga ao Berto, e ainda, pelo que posso imaginar, todo o dinheiro que tinha no bolso? E a certeza de que irá dormir com fome esta noite também tenho.

Ernesto, agora, denota fisionomia tranquila, própria de quem se encontra em paz consigo mesmo, até porque se libertara da preocupação de que tivesse algum erro cometido, por menor que fosse.

– O senhor é um homem bom, seu Ernesto – diz Castro, num tom de voz reverente e de pouco volume.

E o velho, com muita tranquilidade, argumenta:

– Não sou um homem bom, meu amigo. Apenas

passei a perceber, nesses anos todos vivendo comigo mesmo, sem nunca perder a confiança em Deus, que toda vez que alguma forma de caridade praticava, ajudando a quem quer que fosse, inexplicável energia e bom ânimo me invadia, e que são várias as formas de se fazer o bem, além da esmola também necessária do dinheiro e de bens materiais.

Castro os olhos não tira do amigo e, com ouvidos que não desejam perder nada que fosse daquelas palavras, pois até prevê vir outras mais de grande sabedoria, atento o ouve.

– Já tive também, senhor – continuando a falar sobre a caridade –, a abençoada oportunidade de perdoar, mas perdoar mesmo, não da boca para fora, mas de perdoar com sinceridade no coração, compreendendo as íntimas razões da pessoa que me magoara profundamente. E nesse caso, meu amigo, quando a caridade vem pelo perdão concedido, sem a mínima intenção que seja de o agressor humilhar, fácil é perceber que a energia recebida é muito maior.

– E hoje...? Vai passar fome? – pergunta Castro, certamente referindo-se ao dinheiro que o velho dera ao jovem Berto.

Ernesto levanta o olhar, fixa firmemente os olhos do amigo e, bem compreendendo a indagação, responde com mais eloquência:

– Sabe, seu Castro, pode ter a certeza de que não. Também já passei por experiências que me ensinaram que, quando consigo ajudar um necessitado a se alimentar, em prejuízo da minha própria alimentação, estranha energia e força se apoderam de meu corpo e me distraem dessa necessidade. Se à noite, sono mais profundo. Para todo o bem que se faz, principalmente se algum sacrifício for necessário para tanto, a sensação do dever cumprido já é o início de uma felicidade que se transforma em saúde, força e resistência.

Castro, emoção à flor da pele, e com mais indagações a lhe surgirem à mente, reflete um pouco e, certamente motivado pela avançada idade do amigo, pergunta:

– E o que pensa da morte, seu Ernesto? Sei que pensa nela.

– É no que mais penso – responde, sorrindo –, e saiba que já estou começando a entendê-la, somente me faltando alguns detalhes poucos, e fé suficiente é o que não me falta de que irei conseguir.

– Pois, quando conseguir, por favor, diga-me – pede Castro, abraçando o velho da rua e, em seu bolso, introduzindo algumas cédulas, dizendo: – Hoje, sua janta será por minha conta, por favor também...

19

DONA ODETE

MADRUGADA seguinte, Ernesto acorda um tanto aperreado, ensimesmado mesmo com os seus juízos, pois certeza tinha de haver uma conclusiva resposta para as suas dúvidas, porém, por mais que pensasse, não lograva vislumbrar o que ainda lhe faltava saber e que tanto o ansiava, ou seja, algo que o levasse a realmente compreender a vida.

Ajeita, então, suas tralhas, sempre a carregar consigo numa velha e desgastada bolsa de couro, convenientemente presa à carroça, e parte para mais uma catação.

Como sempre, acaba por encontrar, aqui ou ali, outros madrugadores como ele, obreiros da rua, cada qual no seu definido trajeto.

Não demora e Ernesto se encontra com dona Odete, carrocinha estacionada no meio-fio, genuflexa defronte a um templo religioso, fazendo o que sempre faz antes de iniciar o trabalho: uma oração e o sinal da cruz, que é realizado tocando, em sequência, com uma das mãos, a testa, o peito, o ombro esquerdo e o ombro direito. Levantando-se, a mulher dá três passos para trás, movimento corporal que o velho não compreende, e pronta está para a jornada.

– Bom dia, seu Ernesto – cumprimenta, alegre.

– Bom dia, dona Odete. Já pediu a proteção a Deus, não? É muito bom – diz o velho, a sua carroça estacionando.

– Faço isso todos os dias, e Ele me protege, com certeza. A luta é árdua para sobreviver, mas tenho fé.

– E faz bem, minha amiga. Sem a fé em Deus, o que seria de nós...?

– Não faço mal a ninguém e vivo a minha vida. Quem sabe, quando vier a morrer, eu vá para o Céu...

Percebendo a oportunidade de entrar num assunto, por demais do seu interesse, Ernesto à mulher pergunta:

– A senhora acredita na existência do Céu e do inferno, dona Odete?

A mulher, com um muxoxo dos lábios, mais um meneio de cabeça, sinal de que não deve ter muita certeza, diz:

– Ah... não sei não, seu Ernesto.

– Não tem certeza...? E por quê?

Após um pouco pensar, a mulher responde:

– Sabe, seu Ernesto, de uns tempos para cá, tenho pensado muito nisso e não consegui ainda dar sentido a uma coisa, e que Deus me perdoe se eu estiver cometendo algum sacrilégio...

20

A CONFIDÊNCIA DA SENHORA

ODETE permanece calada por alguns segundos, e na igreja seu olhar se fixa, talvez com receio de realmente estar cometendo algum pecado.

– Fale, senhora...

– A minha dúvida... bem... é que... sei lá... se existe um Céu... – fala a mulher, em discreto volume de voz, voltando para Ernesto o olhar – e um inferno, que dizem ser eterno, não consigo compreender como pode ser isso... se Deus é bom, por que criaria pessoas com maiores chances de serem boas e irem para o Céu, e outras com menores chances?

– Como assim? – interessado pergunta o velho, enquanto acena para outro catador, que ainda sob os efeitos do álcool, sabe muito bem Ernesto, a carroça puxa no leve aclive da larga rua.

– Veja o senhor – começa Odete a explicar, após acenar também ao pobre batalhador das madrugadas –, tem gente que nasce como filho ou filha de pais bons, recebendo uma criação para o bem, com carinho e bons ensinamentos, e outros nascem em família de pessoas más, que lhes trazem maus exemplos e até mesmo lhes provocam o ódio pelos maus tratos, não é verdade?

– É verdade, sim.

– O senhor não acha que os primeiros teriam mais chances de serem bons? Digo chances porque sabemos existir filhos que se tornam pecadores mesmo tendo pais bons e que há outros que se tornam verdadeiros santos, mesmo tendo pais ruins, mas não se pode negar que aqueles primeiros possuem maiores chances. E não é só isso, têm condições de estudar e de ser alguém na vida, enquanto muitos outros, que nascem muito pobres, não possuem.

– E o que mais, dona Odete? Essa sua fala muito me interessa.

– Há pouco tempo, seu Ernesto, fiquei sabendo da morte de um bebê de apenas alguns dias de vida, e uma senhora me disse que essa criança iria direto para o Céu porque não tinha nenhum pecado.

– E...?

– Daí fiquei a pensar no porquê de aqueles que morrem logo depois do nascimento, ou mesmo ainda criança, irem para o Céu, já que não tiveram a oportunidade de cometer pecados, e também no porquê de aqueles que vivem mais, e consequentemente possam vir a cometê-los, irem para o inferno...

– E a senhora a alguma conclusão chegou sobre isso?

– Não, não cheguei a nenhum entendimento, porque a minha dúvida ainda é a de que o destino dessas duas criaturas poderia ter sido diferente. Veja o senhor, e se aquele que pecou tivesse morrido logo após ter nascido, e o outro não tivesse morrido, e viesse a se tornar um pecador?

– Estou compreendendo o que a senhora quer dizer, dona Odete. A verdadeira dúvida da senhora é por que Deus escolheu e determinou qual seria o Seu filho que não viria a ter pecados, por ter morrido antes, e para o Céu fosse encaminhado, e qual seria aquele que, para ter ou não esse destino, dependeria de si mesmo e até, talvez, das oportunidades, não é?

– Pois é isso mesmo, seu Ernesto. E tem outra coisa... esse tal de inferno... eterno...

– Deixe-me adivinhar – pede o velho –, essa história do inferno ser eterno não combina com Deus, não é verdade? Se Ele ama Seus filhos, não iria condenar, para todo o sempre, os que para lá tivessem ido. Nem os pais daqui da Terra, os que amam verdadeiramente seus filhos, fariam isso, sendo que se encontram sempre prontos a novas chances lhes oferecer. Era isso o que a senhora ia falar?

– Pois era bem isso, seu Ernesto.

– E, por favor, dona Odete, diga-me mais uma coisa: a senhora acredita que a vida continua após a morte?

– É claro que acredito, pois todas as religiões que conheço, ou pelo menos das que ouvi falar, nisso acreditam. Falam sempre em alma ou Espírito que parte para outro mundo quando o corpo morre. E isso também deve ser verdadeiro porque Deus não iria criar um filho para depois o destruir, não é mesmo? Não vejo cabimento numa coisa dessas.

– Dona Odete! – exclama o velho. – A senhora não faz ideia de como esta conversa veio fortalecer ainda mais meus pensamentos a respeito da vida e da morte. Estou começando a compreender melhor e a me convencer de muita coisa, com esse seu pensar somado aos meus.

21

UMA LUZ

– O QUE o senhor está compreendendo melhor, seu Ernesto?

– Bem... É que estou começando a ligar esses seus pensamentos a umas coisas que ando matutando e que, se de desejo for da senhora, gostaria de lhe dizer.

– Pois diga, homem. Estou gostando muito desta nossa conversa. Pensei que só eu pensasse assim.

– Não, não. Além do que a senhora falou, com esse exemplo do bebê, tenho pensado bastante, e até a uma resposta já cheguei, sobre o porquê de alguns, desde nascidos, sofrerem com a fome, com a doença, com defeitos físicos ou dos miolos, com muita pobreza, e outros, completamente ao contrário, nascerem normais, com saúde e facilidades. Deus não poderia estar brincando conosco, não é? E como a senhora mesma já se indagou, em que estribo Ele se apoiaria para escolher aqueles que seriam felizes ou infelizes, não é?

– É verdade, mas com o que o senhor está ligando esse assunto, seu Ernesto?

– Estou ligando com uma conversa que tive com o dono de uma banca de jornais, seu Antonio, que acabou me convencendo, depois de eu muito cucar, de que todos já vivemos e ainda viveremos muitas vidas.

– Já ouvi falar disso, mas será?

– Só pode ser.

E Ernesto narra a Odete a conversa que tivera com Antonio sobre encarnação e afirma que já está chegando à conclusão de que somente poderia ser assim para que se pudesse a justiça e a bondade de Deus compreender.

– Será que já vivemos outras vidas antes desta? E por que não nos lembramos?

– É... sobre isso ainda remoendo estou, mas vou encacholar mais. Da próxima vez que for à banca, vou perguntar ao seu Antonio.

– O senhor me fala, seu Ernesto?

– Falo sim. A senhora não imagina como estou feliz com esta troca de palavras que tivemos.

– Bem, agora temos de trabalhar. Um bom dia, seu Ernesto.

– Um ótimo dia, dona Odete.

22

O PADRE

DOIS dias depois, Ernesto, passando defronte de uma igreja, é visto por um padre, que o chama, acenando com a mão.

– Bom dia, padre – cumprimenta, identificando-o pelo colarinho clerical.

– Bom dia, senhor. Chamei-o porque talvez lhe interesse certa quantidade de caixas de papelão que tenho aqui na igreja.

– Interesse tenho sim, seu padre.

– Pois faça o favor de vir comigo – convida o pároco, aconselhando-o a primeiro estacionar sua carroça bem próximo à principal entrada da igreja.

O velho catador acompanha o religioso, que segue lentamente, a demonstrar dificuldade no andar, com certeza pela velhice que se faz notada. Entram pela enorme e principal porta do templo, pois, nesse momento, ninguém a rezar se encontra. Bom tempo se passara desde a última vez em que Ernesto numa igreja havia entrado e, visivelmente curioso, os passos detém para admirar as belas imagens dos santos, as altas colunas, o altar com a imagem de Cristo e o belo e brilhante piso aos seus pés.

O padre, ao perceber o interesse do desconhecido, pôde notar, pela sua experiência adquirida nos muitos anos de sacerdócio, um quê de ingenuidade e pureza no seu interessado olhar.

– O senhor me parece estar gostando da nossa igreja.

– Sim, é muito bonita.

– O senhor é católico?

– Bem... nasci em uma família católica e cheguei a frequentar a igreja com meus pais e, depois de casado, com minha esposa e meu filho. Não os tenho mais, já partiram. Na verdade, não tenho nenhum parente, sobrando-me apenas as lembranças. E vivo delas.

– Sinto muito por isso. Não me casei, por força do celibato, mas sou integrante de uma família constituída por mim, três irmãs e dois irmãos. Quantos anos o senhor tem?

– Oitenta e sete.

– Completei oitenta mês passado e me sinto muito velho, enquanto o senhor muito forte me parece – comenta o padre, externando sincero sorriso de admiração.

O velho das ruas, sem jactar-se dessa sua condição física, apenas diz que se sente muito bem e que, talvez, isso consequência seja de ter trabalhado a vida toda em pesadas atividades. E, resumidamente, relata sua vida na lida rural e a sua fé em Deus, apesar de não mais ter entrado em capela que fosse, pois tempo não lhe sobra.

23

ELUCIDATIVO DIÁLOGO

O PADRE, então, fá-lo entrar na sacristia, onde bom número de caixas de papelão lá se encontra, e Ernesto, com a sua permissão, começa o trabalho de desmonte, caixa por caixa, na intenção de melhor transportá-las.

Por sua vez, padre José senta-se num banco de madeira e, sentindo a genuína natureza humilde e boa daquele velho, inicia repentino e desejado diálogo, no intuito de descobrir o que um homem sozinho pensa do próprio destino, mais ou menos iminente, por força da avançada idade.

– Meu nome é José, e o seu?

– Ernesto.

E o sacerdote, após alguns segundos de silêncio, pergunta:

– Seu Ernesto, diga-me uma coisa, o senhor mora onde?

O velho, continuando a desmanchar as caixas e a dobrá-las, simplesmente responde:

– Não moro, seu padre, apenas durmo debaixo de uma marquise.

– Debaixo de uma marquise?! E não tem medo?!

– Não, não tenho motivo para ter medo, seu padre. É uma marquise protegida pela Polícia Militar – responde, divertindo-se com a expressão de dúvida do padre. – Mas não se espante, é que, por pura sorte, ela se encontra bem em frente de um batalhão da Polícia. Estou seguro. E o dono dessa marquise, quero dizer, do prédio, nunca da minha presença chegou a reclamar. Até porque só a uso para dormir e, já às três horas da madrugada, com minha carroça e com o pouco que tenho, bato em retirada para o trabalho.

– Senhor Ernesto, gostaria de lhe fazer mais uma pergunta.

– Quantas quiser, santo homem. Mas que sejam fáceis, pois sou de pouca instrução.

– Sim... O senhor diz que tem fé em Deus e... perdoe-me pela pergunta... o que espera da vida, com oitenta e sete anos de idade?

Ernesto, olhar agora fixo no sacerdote, já prevendo a provável surpresa do homem, responde:

– Espero o caveiroso vir me buscar.

– O caveiroso?! Do que o senhor está falando?

E o velho explica ao padre o apelido que dera à morte,

que até pouco tempo dela muito medo sentia por não a conhecer, mas que agora, que um pouco dela desconfia, respeita-a, e não mais a teme.

Padre José, então, bastante interessado, indaga o porquê de não mais temê-la, e o velho catador lhe pergunta se teria paciência de ouvi-lo, garantindo-lhe, em tom de brincadeira, que seu único temor naquele momento seria o de ser por ele excomungado.

24

UMA LEMBRANÇA DA INFÂNCIA

NESSE momento, vem à mente de Ernesto, apenas por segundos, uma imagem que, por si só, traz-lhe toda a recordação de, aos onze anos de idade, numa sexta-feira à noite, estar com a mãe numa igreja, ouvindo a pregação do padre Isaltino, que sabia bondoso, mas austero nas palavras.

E recorda-se de que, na saída da igreja, após ouvir o padre dizer que não era permitido faltar à missa do domingo, perguntou à mãe o que ela e o pai iriam fazer, pois o senhor Ferreira, o novo patrão, dissera-lhes que, para darem conta de todo o trabalho da roça, teriam de trabalhar nos próximos domingos.

–Ainda não sei, filho.

– O padre disse que é lei de Deus ir à missa e comungar, mãe. Se não forem, vão pecar.

– Podemos falar com o padre, filho, porque, se ele autorizar, poderemos faltar.

– Acho que não devem, mãe.

– Por que, Nestinho?

– Porque seu Ferreira é ateu, e o padre Isaltino, que dele nem mesmo quer ouvir falar, vive a dizer que ele irá para o inferno.

– Quem disse isso a você, menino?!

– O Tavinho, mãe.

– E o que esse menino sabe disso?

– A mãe dele foi quem falou. Será que o seu Ferreira vai para o inferno mesmo? Ele é um homem tão bom. Até o pai disso sabe.

– Não acredito que o padre Isaltino tenha uma coisa dessas falado, porque ele também é muito bom.

– E se eu trabalhar no lugar do pai e da mãe?

– Que conversa é essa, filho?!

Ernesto, nesse momento, tem os olhos ligeiramente úmidos ao se lembrar de quanto amava seus pais e de que, na sua inocência infantil, teria desse sacrifício sido capaz.

Ainda se recorda de que, a choramingar, propôs:

– Posso trabalhar no lugar da senhora e do pai. Não quero que vocês vão para o inferno. Se alguém tiver de ir para o inferno, por causa de trabalhar no domingo, que seja eu. Não tenho medo do inferno do padre!

E ele se lembra do abraço carinhoso da mãe, que o confortou, dizendo:

– Ninguém vai para o inferno, filho. O padre se esque-

ceu de dizer que, se a gente tiver de trabalhar no dia da missa, basta rezar para Nossa Senhora e dizer isso a ela.

– Daí ninguém vai se encontrar com o capeta, mãe?

– Não, filho, ninguém vai se encontrar.

– Pois vou começar a rezar desde hoje.

– Mas você não tem de trabalhar.

– Vou rezar para a mãe e para o pai.

25

COM A PERMISSÃO DO PADRE...

RINDO e prometendo nada fazer a esse respeito, melhor dizendo, não o excomungar, o pároco lhe roga que diga o que pensa.

O velho, então, modesto nas palavras, resumida narrativa desenvolve sobre tudo o que tem pensado a respeito da vida material e da vida espiritual, iniciando por sua crença na existência de Deus, na eternidade da alma ou do Espírito e no que vem concluindo a respeito de o homem já ter diversas vidas vivido e ainda ter de passar por outras tantas, pois acredita que uma só não seja suficiente para alguém se tornar merecedor de um bom lugar no Céu, tendo em vista o escasso tempo de uma única vida para passar por todas as experiências possíveis e necessárias. Além disso, diz que, se houvesse uma única vida e Deus criasse uma criatura que somente viesse a passar por sofrimentos até a morte levá-la, como acontece com muitas, por que teria assim agido? Ter sido criado apenas para sofrer? Melhor seria se o sofrimento tivesse uma causa justa, porque crê mesmo é num Deus justo.

O padre, por sua vez, a tudo ouve, admirado com as conclusões que aquele velho, que se diz sem instrução, a ele discorrera.

Ernesto, então, encerra sua fala dizendo que a única dúvida que ainda possui sobre tudo isso é com respeito à alma ou Espírito não se lembrar das vidas passadas.

Nesse momento, padre José, aproveitando-se de pequena pausa do velho, e como que dando uma resposta a essa dúvida, indaga-lhe:

– Não seria, talvez, pelo fato de Deus, misericordioso e sábio, achar melhor nos esquecermos do passado?

– Como assim? – pergunta Ernesto, deveras interessado.

– Penso ser simples essa questão. O senhor não acha que seria dificultoso, impossível mesmo, conviver com uma ou com mais pessoas das quais tivéssemos a lembrança de terem nos feito passar por situações difíceis e de sofrimentos em outra vida, enfim, com alguém que soubéssemos nos ter causado um grande mal em outra existência, ou, muito pior ainda, contrário fosse, conviver com alguém a se lembrar do mal que lhe causamos? Creio ser de Deus uma bênção não nos lembrarmos das vidas passadas, e certeza tenho de que todo o nosso passado se encontra gravado nos arquivos da nossa eterna consciência ou, para o senhor melhor entender, gravado em nós mesmos, digamos assim, numa memória escondida de nossas lembranças. Dá para entender?

– Sim, está em nós sem que a gente fique sabendo ou lembrando. Coisa de Deus, não é?

– Isso mesmo, meu amigo. E, dessa forma, tanto o mal como o bem cometido, o mal a nos cobrar reparações, o bem a nos elevar aos olhos de Deus, é que se encarregarão de definir, mediante nossos erros e acertos, as futuras e necessárias vidas que teremos de viver, na oportunidade bendita de irmos aprendendo a ser bons e alcançar a felicidade que Deus a todos nós deseja, mas sempre a depender de nossas próprias conquistas.

Resumindo, Deus deseja que nós mesmos conquistemos a nossa própria felicidade, e também acredito ser necessário convivermos novamente com aqueles que, em vidas passadas, tivemos graves desavenças, numa misericordiosa oportunidade de ajuste e aprendizado, muitas vezes na oportunidade de o amor vir a substituir a mágoa, facilitando, em nossa consciência, o aprendizado do perdão, tão recomendado por Jesus.

26

MAIS UMA LEMBRANÇA

NESSE momento, nova recordação invade a mente de Ernesto, como se viesse para exemplificar o que o padre acabara de lhe dizer.

Desta feita, lembra-se de um empregado das terras em que ele e Judite trabalhavam quando Armandinho nascido era.

Seu nome era Tião, um homem muito forte e, assim como ele, muito competente no trabalho braçal, e ambos, pelo dono da fazenda, bastante considerados pelo bom desempenho e pela rapidez com que as ordens dadas eram cumpridas.

Mas esse trabalhador, um dia, revelou a sua maldosa índole quando o patrão rasgados elogios teceu por um serviço muito bem prestado por Ernesto, pois, a partir desse acontecimento, Tião passou a agir no intuito de desmerecer o trabalho daquele a quem passara a considerar seu concorrente, elegendo-o, gratuitamente, à conta de um inimigo.

Não satisfeito em tentar macular a imagem do rival com inverdades, coisa a que Ernesto preferia não dar importância, passou a prejudicá-lo com atitudes e malfeitos, colocando a culpa no companheiro de labuta.

E tanto fez, que acabou sendo pego em flagrante por outros trabalhadores, que a tudo já percebiam.

Numa manhã em que todos iriam para uma derrubada de árvores, coisa em que Ernesto, com certeza, seria o melhor, o malvado, bem antes que todos chegassem para apanhar cada qual a sua ferramenta, passou, freneticamente, a cegar o gume da lâmina do machado do considerado adversário.

Porém, antes que a sabotagem terminasse, ao depósito de ferramentas chegaram Ernesto, alguns outros que participariam do serviço e o próprio patrão, que resolvera, de última hora, acompanhar parte da derrubada.

E, ao reconhecer seu machado, Ernesto gritou:

– O que está fazendo, homem, com a minha ferramenta?!

Tião, assustado por ter sido pego com a boca na botija, temendo as consequências, saiu em desabalada carreira e, desse dia em diante, por aquelas bandas nunca mais foi visto.

E, com essa lembrança, Ernesto percebeu o quanto seria realmente difícil conviver com alguém que mal nos tivesse feito, mas que seria possível recomeçar uma relação amigável e de confiança, se recordação disso não houvesse.

27

A ALEGRIA DE ERNESTO

APÓS a rápida memoração, um verdadeiro retrato das elucidações rápidas e precisas do padre, Ernesto, radiante, exclama:

– Meu Deus, padre José, o senhor esclareceu a maior dúvida que eu tinha, que era a da lembrança! E agora, mais acreditado nessas ideias, estou mais confiante de que irei me encontrar com minha Judite e com meu filho Armandinho. Quer dizer, se não tiverem já nascido de novo, não...? O que o senhor acha?

O padre sorri e, diante da preocupação do velho, diz-lhe, convicto:

– Penso, meu amigo, que Deus, diante desse tão grande amor, certamente permitirá que se reencontrem.

– E quem sabe também com meu pai e minha mãe... – diz o velho, esperançoso – sinto muita saudade...

E o padre José, sorrindo, lhe diz:

– Quem sabe, não...? Deus é tão bondoso...

Nesse momento, Ernesto em si cai e, ficha caída, sem

ter se dado conta, até aquele instante, do conhecimento que o padre possuía a respeito do assunto, intrigado, pergunta-lhe:

– Mas como o senhor sabe de tudo isso?! O senhor é católico!

O padre, controlando o riso, e como que a pedir segredo, coloca o dedo em riste sobre os lábios, e explica:

– Meu bom homem, sou padre e passei muitos anos pregando aos meus fiéis o que havia aprendido, e o fiz de maneira sincera e convicta, pois não conhecia qualquer outra maneira de a vida ser. Apesar de considerar o Velho Testamento possuidor de passagens imprecisas, utilizava-o frequentemente em respeito à causa que havia abraçado, mas sempre me ative mais ao Novo Testamento, mostrando os ensinamentos de Jesus que, no meu entender, contêm o que de mais importante existe para a evolução da alma ou do Espírito.

– Amor a Deus e aos outros, não é?

– Isso mesmo. Seus ensinamentos se resumem a praticamente essas duas máximas, pois nelas contém tudo o que Ele pregou e exemplificou.

– E o senhor não conhecia essa outra maneira de ver a vida, quero dizer, nascer, morrer, nascer de novo... as encarnações?

– Não, meu amigo. Sempre bani de mim esses pensamentos de que já havia chegado a ouvir, mas que por eles nunca me interessei até que... – e o padre entra em meditativo silêncio.

28

ATÉ QUE...

– ATÉ que...? – pergunta Ernesto, com a intenção de não permitir que esse final de frase do pensamento e dos lábios do padre viesse a se perder.

– Sim... Até que a idade veio chegando e, não sei se por sentir uma aproximação cada vez maior do momento derradeiro ou simplesmente por achar que deveria existir algo mais, além do que já conhecia, decidi meditar um pouco sobre tudo o que ouvira de muitas pessoas, e mesmo de alguns fiéis, sobre esse assunto.

– E a que conclusão chegou, padre?

– Cheguei a muitas, e creio mesmo que tudo seja realmente como acabei descobrindo.

– E o que mais o senhor poderia dizer sobre a vida depois da morte? Por exemplo, para onde irá o Espírito ou a alma... O senhor já pensou nisso?

– Já, seu Ernesto. Não só pensei como, após chegar a uma resposta, por mim raciocinada, procurei uma obra literária espírita para confirmar.

– E...?

– Do jeitinho que imaginei.

– E como seria isso, padre? Por favor, diga-me.

O sacerdote, percebendo o grande interesse daquele senhor, simples, ignorante, mas sagaz e inteligente, e procurando utilizar palavras inteligíveis para ele, diz-lhe que Jesus, quando esteve entre nós, afirmou que havia muitas moradas na casa de Deus, e foi dessa afirmação que lhe veio a ideia de que Cristo poderia estar se referindo a outros mundos habitados.

E continua, dizendo que a literatura espírita confirma a existência de vida em outros mundos nesse Universo infinito, inclusive em outras dimensões que não a nossa, e que muitos são bem mais evoluídos, e outros menos evoluídos, do que a Terra, e também afirma que, como leu nessas obras, ocorrem encarnações de um mundo a outro, conforme o Espírito venha a se tornar mais elevado quanto à bondade e ao amor ao semelhante.

– Também passo a acreditar, padre, porque Deus não iria criar um Universo sem fim só para colocar a Terra, não é mesmo?

– Exatamente, seu Ernesto.

29

E APÓS A MORTE?

NESSE momento, o velho torna a perguntar se o padre saberia dizer como e para onde os Espíritos iriam após o caveiroso vir buscá-los.

E o padre José, respeitando a limitada capacidade do velho catador, fala-lhe apenas o que percebe ser de maior interesse dele.

– Muito bem, seu Ernesto, pelo que compreendi, através dos livros, todos nós somos Espíritos que possuímos, além deste corpo que estamos usando, que envelhece e morre, outro corpo, que não conseguimos visualizar, denominado corpo espiritual, e é com esse corpo espiritual que iremos para outra dimensão, para outro mundo, quando este corpo material morrer – ao dizer isso, o padre mostra com os dedos o seu próprio corpo. – Está me acompanhando, seu Ernesto?

– Estou sim, o senhor explica muito bem, apenas não consigo imaginar essa tal de outra dimensão.

– Ah, sim, desculpe-me. Quando digo outra dimensão, estou me referindo a um lugar que nós, que nos encontramos aqui, não conseguimos enxergar, mas que, quando para lá formos, após a morte deste corpo, veremos os que lá se encontram, poderemos tocá-los, e também a tudo o que há lá, incluindo objetos, cidades, veículos, tudo a depender do grau de evolução dos que lá habitam. E digo isso porque existem muitas dimensões diferentes, mais avançadas ou menos avançadas, de acordo com o amor e a fraternidade dos que nela vivem.

– E o que fazem lá, padre? O que dizem os livros?

– Não são dimensões de ociosidade, não, seu Ernesto, pode crer, pois há muitas atividades, nas quais todos trabalham em benefício do bem comum, e muitos desses mundos, dependendo da dimensão em que se encontram, possuem tecnologia bem mais avançada do que a que conhecemos. Está compreendendo?

– Sim, sim.

E o padre, satisfeito, continua:

– Também devo lhe dizer que existem, além dessas dimensões, outras que não são tão boas, não. São locais de sofrimento para onde os Espíritos que se comprazem no mal são naturalmente atraídos, por força da própria índole de cada um, mas vale lembrar que não vivem lá eternamente, pois, após sincero arrependimento e desejo de remir-se dos males cometidos, o Alto lhes ofertará novas chances. Essa questão de felicidade ou de sofrimento, seu Ernesto, encontra-se profundamente ligada com as nossas escolhas entre o bem ou o mal. Está muito confuso para o senhor?

– Não, padre, por tudo o que dito e pensado foi, estou

entendendo e percebendo a justiça de Deus, que destina lugares melhores aos que forem bons, mas que também permite que os maus, quando cansados de sofrer pela consequência das próprias maldades cometidas, e arrependidos se encontrarem, possam também ter a chance de nova encarnação.

E o padre, após pensar, por alguns segundos, se conveniente seria para o velho o que pretendia dizer, resolve que sim, pois isso poderia, de alguma forma, ajudá-lo na compreensão de sua vida, já que percebera conhecimentos suficientes ele possuir.

– E o senhor deve ter em mente, seu Ernesto, que muitos Espíritos necessidade têm de passar por dificuldades na vida terrena, para que possam sentir na própria pele o sofrimento que, numa outra encarnação, fizeram outros passarem. E Deus sabe quando somente uma determinada experiência difícil pode ser benfazeja a ponto de modificar a imperfeita índole de um Seu filho. Também é necessário que saiba que muitas dificuldades ou sofrimentos são causados por nós mesmos nesta nossa presente vida.

– Compreendi bem, padre, e até imagino que eu mesmo precisava de alguns sofrimentos para na minha vida botar prumo.

– A princípio é isso, meu irmão. E é simples, quer dizer, cada um constrói a sua vida e é responsável pelas consequências do bem ou do mal que tiver praticado, e fico muito feliz em saber que o senhor está compreendendo as agruras por que passa, e muito bem aceitando-as.

30

E CONCLUINDO...

O PADRE, após pequena pausa, continua:

– Para concluir, podemos dizer que a vida não dá saltos e que nenhum de nós desta Terra tornar-se-á um santo e irá para um paraíso simplesmente porque deixou o corpo físico. Isso porque temos muito ainda a evoluir moralmente e sabemos que somente o trabalho no bem poderá nos dar essa condição. Sempre lembrando que são infinitas as dimensões, dependendo do grau de evolução de seus habitantes.

– E sobre a riqueza e a pobreza, padre? Por que uns são tão ricos e outros, tão pobres?

– Acredito, seu Ernesto, que seja um aprendizado para os ricos e os pobres. Concluo que, nas mãos de um homem de responsabilidade, a riqueza pode ser transformada em benefício para muitas criaturas, inclusive por meio da distribuição de trabalho e, por consequência, de renda para a sobrevivência material. E creio também que todos venham a ter, nas necessárias encarnações, a oportunidade de aprender nas mais variadas experiências da posse e da carência. Muitos se revoltam desejando a riqueza, porém vejo nela uma das mais difíceis provas, pois envolve, repito, enorme comprometimento para quem a possui, sendo que terríveis consequências poderão recair a quem não a tiver utilizado devidamente.

– E, como o senhor disse, poderão passar novamente pela experiência das dificuldades para aprenderem, não é?

– Bem compreendido, e também importante é saber que Deus deu ao homem o instinto de melhorar o seu bem--estar, pois, nessa procura, ele acaba por progredir no conhecimento das Ciências, caminhando, inevitavelmente, rumo à compreensão das verdades da vida e da existência do Criador.

Ernesto, boquiaberto, ouve tudo e, ainda intrigado, ao pároco indaga:

– E o senhor não fala isso para os que vêm à igreja?

O sacerdote por alguns segundos medita no que dizer e resolve pela sinceridade que lhe é natural:

– Senhor Ernesto, apesar de tudo, ainda penso que a religião que abracei tem se mostrado bastante eficiente e eficaz para grande número de paroquianos e não acho viável tentar mudar-lhes a crença que já possuem. Mesmo que alguma outra maneira de pensar esteja mais próxima da verdade, creio que Deus nos ama igualmente e, como já disse, o que importa é sermos cristãos. Sei que há pessoas espíritas bastante capacitadas para divulgar essa nova e esclarecedora doutrina, que imputo como verdadeira, mas também sei que qualquer declaração de minha parte, com referência a outra doutrina religiosa, somente viria a causar escândalo, e não desejo ser motivo para tal. Não na minha idade.

– Eu bem entendo – diz o velho.

E Ernesto, após uma vista d'olhos pela sacristia, verificando se tudo se encontra em ordem, sem aparas pelo piso, todo o papelão apanha e se dirige, acompanhado pelo padre, até a carroça, despedindo-se em seguida.

– Bem, padre, já tomei muito do seu tempo, agradeço pelo papelão e, principalmente, pela atenção que me deu. Saio daqui na maior felicidade e certo de que um dia com minha mulher e meu filho terei a alegria de me reencontrar. Se somos eternos...

– Não me agradeça, meu bom homem. Também estou muito feliz em poder compartilhar um pouco do que aprendi, percebendo que o senhor vem acertadamente raciocinando sobre as verdades, que são muito simples.

– Sabe, padre, penso que tudo o que é simples demora a ser visto ou notado. Prova disso somos nós que vivemos nas ruas e ninguém nota. Mas, mesmo vivendo nas ruas, não somos tão inexpressivos assim, não é? Também somos filhos de Deus.

E o velho parte com a carroça e os papelões doados pelo padre. Feliz, vai empurrando o veículo, pensando na alegria que dará a dona Odete com tudo o que aprendera e dizendo a si mesmo: "Tão simples, mas tão simples, que até eu, um chucro das ruas, entendi".

31

NA BANCA DE SEU ANTONIO

ERNESTO chega à banca de jornais e revistas irradiando indisfarçável alegria.

– Bom dia, seu Ernesto, que alegria em vê-lo e, ainda por cima, tão feliz – cumprimentou-o o jornaleiro. – O que aconteceu? Andou sumido. Confesso que preocupado com o senhor estive todos esses dias.

– Não se preocupe comigo, seu Antonio. Estou muito feliz e vim para lhe dizer que estive pensando bastante naquela nossa conversa, e que também cheguei a falar com mais pessoas a respeito. E foi muito bom por um detalhe muito interessante, pelo menos é o que penso.

– Com quem chegou a falar, seu Ernesto? E que detalhe foi esse? – pergunta o jornaleiro, curioso.

– Primeiro, encontrei-me com dona Odete, uma senhora que também vive de catar latas e outros descartáveis. O senhor, com certeza, não a conhece. Assim como eu, é uma pessoa de poucos conhecimentos, sem quase nenhuma instrução, mas também pensa muito na vida. E conversa vai, conversa vem, começamos a falar sobre o Céu e o inferno, e o assunto nos levou a pensar mais em Deus e em todas as diferenças que existem entre as pessoas. Aquele mesmo assunto que já conversamos.

E Ernesto conta com detalhes o diálogo mantido com a mulher.

Antonio ouve tudo com muito interesse, chegando mesmo a se impressionar, espírita que é há anos, ao perceber com que facilidade duas criaturas, sem instrução e semianalfabetas, puderam não somente compreender como também deduzir, elas mesmas, tema tão profundo, confirmando o que sempre teve em mente: que, de tão lógica, a verdade sobre os caminhos da vida é acessível a qualquer criatura de Deus. Uma verdade que não se impõe, sobre a qual se raciocina e que abre aos homens a porta da paz e da felicidade.

– E a que conclusão chegaram, seu Ernesto?

– A quase tudo, faltando-nos apenas um entendimento.

– E qual seria esse entendimento?

– O porquê de não nos lembrarmos, a cada encarnação, das nossas outras vidas já vividas.

Antonio muito satisfeito se sente ao ouvir a palavra "encarnação" pelo velho ser proferida, e lhe revela:

– Sabe, seu Ernesto, confesso que poderia muitas

coisas lhe ter explicado naquele dia, mas como percebi o seu enorme interesse pelo assunto, optei por motivá-lo a chegar, o senhor mesmo, a alguma conclusão, por mínima que fosse. E tudo correu bem melhor do que eu esperava, pois conseguiu ir mais além do que eu supunha. Mas o senhor falou em duas pessoas. Quem era essa outra?

– Aí está o detalhe que eu disse ser muito interessante. Dois dias depois, encontrei-me com alguém que me ofereceu papelão e, enquanto os apanhava, começamos a conversar até que, quando percebemos, estávamos falando também sobre Deus e a vida. E essa pessoa, muito gentil e caridosa, desse assunto mostrou-se bastante conhecedora e, acredite, explicou-me o que eu tanto desejava saber.

32

SURPRESA PARA O JORNALEIRO

NESSE momento, com palavras simples, mas precisas, expressas celeremente como quem ansioso deseja despejar todo o conteúdo de uma só vez, Ernesto, sem declarar quem fora essa pessoa, relata ao amigo jornaleiro todas as elucidações que o padre havia lhe feito, enfatizando o que lhe fora esclarecido a respeito da necessidade do esquecimento das vidas passadas.

– E o senhor, pela maneira como acaba de se pronunciar, denota que tudo compreendeu e, pelo que percebo, passou a crer.

– Sim, seu Antonio, e estou muito feliz, como já lhe disse.

– Essa pessoa deve ser espírita como eu, com certeza.

– Aí também é que se encontra o interessante detalhe a que me referi. Veja o senhor que duas pessoas completamente opostas, quero dizer, uma com pouca instrução, como dona Odete, e a outra muito inteligente e estudada, chegaram a ter alguns dos mesmos pensamentos a respeito da vida. Não é fantástico? Vejo nisso que a verdade não é nada complicada e que basta pensar um pouco para que se chegue a ela. Prova disso é que instrução alguma possuo.

– A prova de uma verdade, seu Ernesto, mostra-se quando todos podem compreendê-la perfeitamente. Mas quem foi essa pessoa?

– O senhor não irá acreditar, seu Antonio.

– Pois me diga logo. Não me mate de tanta curiosidade!

– Foi um padre, seu Antonio! Um padre!

– Um padre?! E que padre é esse? Um padre espírita? Gostaria muito de conversar com ele!

– Não sei, não...

– Não sabe... Não sabe o quê?

– Penso que ele não gostaria de falar sobre isso com as pessoas.

– Mas falou com o senhor...

– Sim..., mas...

– O que está me escondendo, seu Ernesto?

– Bem... é que imagino que ele somente conversa sobre isso com pessoas que realmente necessitem ouvi-lo. Penso até que foi somente após eu lhe ter dito a que conclusões havia chegado, e ele ter percebido a minha grande vontade de saber o porquê do esquecimento das vidas passadas, é que começou a me explicar mais coisas.

– O senhor acha que ele esconde o fato de acreditar no Espiritismo...

– Sim, ele não gostaria de revelar que é espírita.

– Qual a idade dele?

– Oitenta anos, e disse que, quando chegou a essa idade, começou a sentir-se cada vez mais próximo da morte, e foi aí que tomou a decisão de pensar um pouco mais no que já ouvira sobre esse assunto. E acabou chegando à conclusão de que tudo deveria ser como os Espíritos ensinam, pois foi somente após descobrir sozinho a necessidade das muitas vidas, que passou a ler a respeito para confirmar.

– E ele confirmou?

– "Do jeitinho que imaginei" foram as palavras dele.

– Seu Ernesto, o senhor não teve a curiosidade de lhe perguntar por que não fala sobre isso aos seus fiéis?

– Eu perguntei.

– E o que ele respondeu?

– Disse que não vê necessidade de seus fiéis mudarem a crença que já possuem, até porque sempre pregou a todos que procurassem ser cristãos de verdade. Também falou que deixa para os espíritas a divulgação do Espiritismo e que qualquer declaração que desse com referência a ter mudado de pensamento somente causaria um grande escândalo, e que ele não desejava ser o motivo desse escândalo. "Não na minha idade", disse ainda.

– Um bom homem...

33

O DESEJO DO VELHO

APÓS alguns segundos de silêncio, o velho da rua pergunta:

– Seu Antonio, o senhor disse que é espírita, não?

– Sim.

– E o senhor frequenta um Centro Espírita?

– Frequento às vezes, por quê?

– Poderia me dizer o que fazem lá, seu Antonio?

– Bem, além de palestras, o Centro oferece cursos sobre a doutrina espírita, aplicação de passes para ajudar as pessoas...

– E lá vocês conversam com Espíritos? – interrompe o velho, parecendo ter pressa de a um assunto chegar.

– Sim, em uma reunião mediúnica.

– O que é isso...?

– Vou tentar lhe explicar com poucas palavras, seu Ernesto. Existem pessoas que possuem o que se chama mediunidade.

– Mediunidade...

– Esse é o nome que se dá à capacidade que uma pessoa possui de servir de instrumento para que um Espírito desencarnado, ou seja, que se encontra no plano espiritual, possa se comunicar com os da Terra.

– Entendo e até já vi isso acontecer, só não sabia o nome. Na roça onde trabalhava, tinha uma senhora de idade que fazia isso. Ela recebia um Espírito quando alguém precisava de conselhos. Mas nunca me interessei e não sei como funciona. Diziam que a mulher era o "cavalo" do Espírito. Mais sem entender fiquei.

– Em algumas religiões espiritualistas é assim que se trata o médium. Agora, voltando à explicação, numa reunião, que chamamos de mediúnica, reúnem-se pessoas que são chamadas de médiuns. E o que acontece? Um Espírito pode se comunicar por intermédio de um desses médiuns. Simplificando um pouco mais, o médium fala o que o Espírito quer dizer.

– Entendi, seu Antonio... agora...

– Pode falar, seu Ernesto.

O velho fita o amigo e, em baixo tom de voz, pergunta:

– Seu Antonio, será que eu poderia, se lá fosse, conversar com Judite, minha esposa, e com Armandinho, meu filho?

Já esperando que o homem essa pergunta fosse lhe fazer, Antonio de rogado não se faz, e responde:

– Pode até ser, meu amigo, mas, como sempre dizemos, geralmente o telefone toca de lá para cá. Às vezes, é solicitado aos Espíritos que dirigem esse trabalho do Plano Espiritual que verifiquem a possibilidade de um intercâmbio com determinada entidade espiritual, mas só no caso de muita necessidade. Compreende?

– Compreendo. É uma pena, mas não tem problema. Vou fazer de tudo para que, quando partir para esse mundo dos Espíritos, possa encontrar-me com minha esposa e meu filho.

– Vai fazer de tudo? Como assim?

Com muita seriedade, o velho responde:

– Vou procurar ser bom e ajudar mais as pessoas que venham a precisar de mim, mesmo que eu não possua nada. Penso que podemos ajudar de muitas formas, não?

– Sim, muitas vezes uma palavra de carinho, um pouco de atenção, um ombro amigo, um abraço sincero, valem mais que muitas moedas. Mas por que está dizendo isso?

– Sabe, seu Antonio, minha esposa e meu filho sempre foram pessoas muito boas, atenciosas, prontas a estender a mão a quem precisasse, e imagino que devem estar vivendo num local destinado aos bons, disso certeza tenho.

E eu também quero ir para lá. Quero me encontrar com eles. E, para isso, ser bom é preciso, não é?

– Isso é certo, meu amigo. Também vou fazer o possível para um dia merecer encontrar-me com você, meu bom homem.

34

NOVA VISITA A LEÔNCIO

DALI a alguns dias, quase noite...

– Mirtes, chegue aqui fora, no jardim. Venha ver quem está aqui.

Em poucos segundos, a esposa do doutor Leôncio aparece à porta da residência. Ernesto já se encontra sentado, desta feita num banco de madeira no alpendre da casa e, numa cadeira de balanço, o médico à sua frente.

– Seu Ernesto! Que bom que veio nos visitar. Seja bem-vindo. Desta vez, levará algumas roupas que separei para o senhor – diz Mirtes, alegremente, sentando-se ao seu lado.

– Por onde andou, "homem ambulância"? – pergunta Leôncio.

O velho não compreende de momento, até que o doutor a memória lhe refresca.

– Não sabe do que estou falando? O senhor fez de sua carroça um perfeito veículo de resgate! Estou sabendo. Salvou meu grande amigo, o doutor Nelson, diretor do hospital onde realizo cirurgias. Poderia nos contar como foi?

Um pouco envergonhado com tamanha manifestação por parte do médico amigo, Ernesto diz que não fez nada de mais, apenas o que devia, diante daquele acidente.

– Tudo bem, seu Ernesto, mas como foi?

– Bem, eu estava indo em direção à minha segunda e costumeira parada para recolher latas num restaurante quando, por pouco, não fui atropelado pelo veículo desse homem. E o carro somente parou alguns metros mais à frente ao chocar-se com um poste. Fiquei muito assustado e, quando percebi que o motorista não saía do carro, corri até o veículo para ver se algo de ruim poderia ter acontecido a ele.

– E o que viu?

– Ele estava com a cabeça apoiada no volante do carro, parecia desmaiado, e escorria um pouco de sangue pela testa. Olhei para os lados e não havia ninguém na rua. Então, lembrei-me do hospital e coloquei o homem na carroça, apanhei uma pasta de couro e uma carteira de dentro do carro, tirei a chave e corri com ele para lá.

– E...? – pergunta ainda o médico.

– E mais nada. Dispararam com o homem em uma maca, perguntaram-me onde estava o carro, o meu nome, onde eu vivia, e, percebendo que não tinha mais nada a fazer ali, fui embora trabalhar. À tarde, passei lá para perguntar sobre ele, e me disseram que havia sofrido um infarto, mas que passava bem.

– Ele me disse que, dias após o acontecido, procurou-o e até lhe ofereceu um emprego no hospital, mas que o senhor lhe solicitou que o desse a um seu amigo, também catador.

– Sim, eu pedi. O doutor acha que não deveria ter feito esse pedido?

– Não vejo nada de mais, só estranho o senhor mesmo não ter aceitado o emprego. Iria lhe arrumar a vida e sairia desse trabalho pesado que faz. Por que fez isso?

Mirtes somente ouve e se alegra, pois já imagina a resposta de Ernesto.

– Estou muito feliz de o Mário ter aceitado. Ele é casado e tem dois filhos, doutor. Eu não tenho ninguém e estou bem assim.

Doutor Leôncio olha com carinho para aquele velho ali à sua frente, para a esposa volve também o olhar e, enternecido, muda de assunto, afirmando:

– Por sorte o senhor passava por ali naquele momento e o socorreu. Bem a tempo mesmo.

– Deus o ajudou, com certeza.

35

DEUS

PENSATIVO fica o médico por alguns segundos, até a palavra retomar:

– Falando em Deus, seu Ernesto, o senhor já encontrou a resposta que disse ir procurar quanto à justiça de Deus, ou seja, por que Deus distribui alegrias a uns e tristezas a outros?

O velho lhe direciona tímido sorriso e responde:

– Encontrei, sim, doutor. Para falar a verdade, encontrei muito mais que isso.

– Mais, seu Ernesto? – pergunta Mirtes, satisfeita e empolgada. – E poderia nos falar o que encontrou?

– Se tiverem um pouco de tempo para me ouvir.

– Vamos fazer o seguinte então – diz a mulher –, vou lhe buscar um prato de comida, e o senhor nos falará. Estou muito interessada em ouvi-lo.

Em menos de quinze minutos, a senhora prepara, com algumas sobras do almoço mais um bom pedaço de torta, lauto jantar ao visitante daquela noite.

E, enquanto come, Ernesto passa a discorrer sobre todos os acontecimentos, inclusive falando do padre e de toda a conclusão a que havia chegado, e principalmente sobre a sua alegria em sentir-se um homem abençoado por descobrir o sentido da vida e sua simplicidade.

Doutor Leôncio tudo ouve, desta feita sem interrompê-lo, demonstrando visível e inusitado interesse estampado na face, por Mirtes percebido com alegria.

Quando o velho termina, o médico diz a ele, após alguns segundos de reflexão:

– Seu Ernesto, vou ser bastante sincero com o senhor. Essa sua simples e objetiva explanação me deixou um tanto atordoado.

– Atordoado, Leôncio? – pergunta a esposa. – Como assim?

– Sinceramente, confesso que preciso rever os meus pensamentos de até então. Pragmático que sou, impressionado me encontro com tanta lógica nas considerações desse nosso amigo aqui. É de muita lógica mesmo. E fiquei curioso. Isso tudo é Espiritismo, não, seu Ernesto?

– Foi o que o senhor Antonio, da banca de jornais, disse-me. Ele é espírita.

– E onde fica essa banca, meu amigo?

– Fica aqui perto. O doutor sobe oito quadras nesta direção – explica o velho, apontando com a mão a rua –, dobra à esquerda, vai mais... deixe-me ver... seis quadras e a encontrará na próxima esquina.

– Você vai falar com ele, querido? – pergunta a esposa.

– Estou pensando em ler alguma coisa a respeito, sim, e penso que talvez esse homem possa me indicar.

– Estou me sentindo muito feliz com esse seu interesse, Leôncio – diz Mirtes, segurando a mão do marido e demonstrando, nesse terno gesto, sua aprovação.

– Meu amigo – pergunta o médico –, o senhor está feliz com essa sua descoberta?

– Nunca estive tão feliz, doutor, pois sei que irei me encontrar com minha esposa e meu filho quando daqui partir. E, se me permite, gostaria de lhe dizer mais uma coisa.

– Pois diga.

– É o seguinte, e muito simples também. Imagino que o senhor deva amar muito sua esposa, não?

– Muito, muito mesmo – responde, olhando para Mirtes.

– O senhor até hoje negou a existência de Deus e tem afirmado que tudo se acaba com a morte, e nada mais, não é?

– Sim.

– E o senhor acha justo um amor tão forte se acabar no nada?

Leôncio e Mirtes chegam a se emocionar, e o médico,

após alguns segundos, responde, contendo um súbito nó na garganta:

– Não, seu Ernesto, a morte não tem o direito de acabar com o nosso amor.

Conversam mais alguns bons minutos, e Ernesto parte, empurrando a carroça e levando algumas mudas de roupa e um bom sanduíche que Mirtes preparara para ele, além de abastecer seu garrafão com água fresca.

36

ENCONTRO INESPERADO

METADE do caminho transcorrido em direção ao seu "lar", Ernesto se depara com um pedinte, velho e forte como ele, sentado na calçada.

– Ei, você – chama-o o estranho –, sei que também passa por necessidades como eu, mas não teria aí alguma coisa para eu comer? Estou com muita fome. Já passaram muitas pessoas por aqui e não me deram nem uma mísera moeda, aliás, como sempre, fazem que não me enxergam.

Ernesto procura uma rampa de garagem e por ela sobe com a carroça.

– Tenho sim, meu amigo.

E, agachando-se ao lado do infeliz, entrega-lhe o sanduiche, embrulhado em papel de alumínio.

– Pode comer. É seu.

– Mas e você?

– Já estou alimentado, não se preocupe.

Nesse exato momento, quando o desconhecido, estando mais próximo agora, ergue o olhar, Ernesto tem um sobressalto, pois o reconhece. Trata-se de Tião, que tentara, no passado, por várias vezes, prejudicá-lo.

"Meu Deus!" – pensa. – "Pobre homem, até nisso temos algo em comum. Será que não tem família?"

Percebe que Tião não o reconhecera e decide não lhe revelar a identidade, pois não sabe até que ponto o orgulho desse infeliz ainda reside no seu coração.

– Como é seu nome?

– Tião... Sebastião – responde, olhando para o seu benfeitor daquele momento, fitando-o agora bem detidamente como que a puxar alguma lembrança da sua já deficitária memória. Sem o conseguir, baixa o olhar e continua avidamente a comer o grande sanduíche, "alma generosa de Mirtes".

– Você tem família, Tião? – pergunta, sentando-se ao seu lado.

– Já tive mulher, mas ela não aguentou o meu gênio agressivo e partiu com outro homem. Nem sei há quanto tempo levo esta vida miserável. Já tentei "puxar" latinha e papelão, mas não sei o que acontece comigo. Só arrumo encrenca e não consigo parar em trabalho algum. Preciso me modificar, meu bom homem, senão ainda vou morrer nas ruas matado.

37

A OFERTA

– QUANTOS anos você tem, Tião?

– Perdi a conta, mas imagino uns oitenta e cinco.

– Tenho oitenta e sete.

– E como consegue viver "puxando" latinha?

– O segredo, se quer saber, é reconhecer que estamos velhos, bem velhos, e que não demora para o caveiroso vir nos buscar. Estou me referindo à morte.

– Caveiroso...

– Então, meu amigo – continua Ernesto, com muito tato, procurando aconselhar –, se quer sobreviver, domine esse seu gênio. Esteja sempre a pensar que necessitamos do serviço e que temos de ser humildes para conseguirmos vencer. Não discuta, não brigue, aceite tudo o que vier pela frente e, se quer que as pessoas sejam educadas com você, seja educado com elas. Você me entende?

– Entendo sim, preciso mudar.

– Você vai mudar. Faça um pequeno esforço, além do

que estamos velhos, e a maioria das pessoas costuma ajudar quem na velhice se encontra.

– Vou tentar seguir seu conselho... Eu não conheço o senhor?

– Penso que não, Tião. Agora me diga uma coisa: tem onde dormir, quero dizer, um lugar seguro?

– Durmo em qualquer lugar, e qualquer lugar nunca é seguro.

– Tenho um local livre de risco, em frente a um posto policial, debaixo da marquise de um comércio. Se quiser, poderá passar a dormir lá, desde que não brigue comigo. E tem mais um detalhe: somente podemos ir para lá depois do escurecer e fora cair antes do amanhecer.

– Posso mesmo? – pergunta Tião, terminando o sanduíche, e visivelmente sensibilizado com a bondade de Ernesto.

O velho lhe serve um pouco de água do garrafão e pergunta:

– Podemos ir agora?

– Sim. Vá na frente, que eu o sigo. E muito obrigado. Também não vou brigar com você. Que Deus abençoe o senhor.

Ernesto sorri quando ouve Tião chamá-lo agora de “senhor”.

38

SOUBE o QUE FAZER

CHEGANDO ao destino, o velho estaciona a carroça, mostra onde Tião poderá se acomodar para dormir, pede-lhe que o aguarde e, atravessando a rua, vai conversar com o policial de plantão, retornando logo em seguida.

– E amanhã? – pergunta Tião.

– Amanhã será novo dia e veremos o que fazer. Durma tranquilo, não irei abandoná-lo.

– Obrigado, senhor.

– Boa noite, meu amigo – diz o velho, deitando-se próximo à carroça.

A noite fresca e estrelada propicia um rápido adormecer aos dois solitários homens da rua.

Perto de uma hora da madrugada, Ernesto acorda, o que raramente lhe acontece, pois sono profundo e sem sonhos, que poucos lhe vinham à lembrança, era característico de suas noites, consequência da cansativa atividade que abraçara.

Calmo e tranquilo, por alguns minutos admira as

estrelas que cintilam a grande distância, até ser invadido, desta feita, por súbita e quase tangível recordação de algo que deveria ter sonhado.

Nesse sonho, vira-se solitário no interior de um túnel que, a princípio, parecera-lhe um dos da cidade grande, pouco iluminado, e sem som algum que pudesse lhe revelar qual seria.

Sem saber onde se encontrava, lembrara-se de corriqueiro pensamento a lhe dizer que, nos momentos de dificuldade, sempre poderá, num fim de túnel, uma luz ser encontrada.

E, como num passe de mágica, bastara que assim pensasse para ver forte luminosidade a cerca de uns cem metros à frente.

"A luz no fim do túnel", concluíra.

De acordo com a viva e onírica lembrança, encontrava-se bastante tranquilo, sem nenhum temor, até perceber uma silhueta, como se leve sombra fosse, no centro da intensa luz.

Ainda se lembrando do sonho, recorda-se de que, ao cerrar levemente os olhos, chegara a identificar, ou simplesmente imaginar, quem seria.

"O caveiroso... sim, o caveiroso... só pode ser... O que estará querendo comigo?" – E, pensando nisso, perguntara: "Quem é você? Por acaso, veio me buscar? Já não lhe tenho temor."

E uma conhecida voz ecoara dentro de sua mente, pedindo que se aproximasse mais. Assim o fez até que a silhueta se modificou e outra apareceu um pouco mais distante.

Quando se encontrava a certa distância, a mesma voz pediu que não se aproximasse mais, e tudo se transformou.

Luzes cristalinas, vindas do alto, umas azuladas, outras róseas, iniciaram suave coreografia, e grata emoção começou a tomar conta dele, ao perceber que eram Judite e Armandinho que ali se encontravam.

"Vieram me buscar?" – perguntara mentalmente, enlevado pela paz, que o envolvia naquele ambiente.

E carinhosa voz, imediatamente reconhecida como a da amada esposa, dissera-lhe: "Ainda não. Somente quisemos lhe demonstrar a nossa alegria".

E Ernesto, chorando de felicidade, nada mais se lembra do sonho, adormecendo quase que imediatamente.

39

NO DIA SEGUINTE...

TRÊS horas da madrugada, Ernesto acorda Tião, dizendo que chegara a hora de trabalhar. Após comerem um pão cada um, sem nada a recheá-lo, partem.

Ernesto segue empurrando a carroça e, a caminho de cada ponto de coleta, em bares e restaurantes, Tião procura, nos latões de lixo, possíveis materiais e, alegria irradiada por estar trabalhando, a todo instante cisma em pensar que conhecido já lhe era aquele velho forte que lhe estendera a mão. Não lhe era estranho e parecia também se lembrar da sua grave voz.

Em cada local da coleta, Ernesto conversa com o encarregado, apontando Tião como se o estivesse apresentando. E este procura não se aproximar, pois atina que dessa maneira deveria ser, nada ouvindo do que dizem. O velho, por sua vez, não o chama para perto, pois considera que ainda é cedo para que saiba que ele fora o empregado da fazenda a quem tanto tentara prejudicar. Corria o risco de ele vir a ouvir o seu nome, apesar de saber que logo, logo, isso iria acontecer. De qualquer forma, pretendia angariar primeiro a sua confiança.

E assim ocorre por todo o trajeto, terminando com seu Castro, o sucateiro comprador.

Ernesto o mesmo faz na volta, ao passarem pelo vão do viaduto, e Tião vê aumentada sua admiração pela bondade do velho, que faz questão de que todos o vejam.

Quando chegam ao "lar", debaixo da marquise, antes de se acomodarem para dormir, novamente Ernesto vai ter com os soldados do posto policial.

Nessa segunda noite, ainda diz a Tião algo inesperado. Transmite a ele a sua vontade de ajudá-lo, dizendo que o apresentara a todos os responsáveis que lhe fornecem as latinhas e outros materiais, pedindo a cada um que, se um dia viesse a faltar, Tião pudesse continuar o seu trabalho. Inclusive, seu Castro o atenderia, comprando a sucata.

E que, enquanto isso não acontecesse, trabalhando juntos, os dois conseguiriam dar conta de se sustentarem, porque foi de muito sucesso o trabalho dele, Tião, na cata de mais materiais pelo caminho.

O homem tudo ouve em silêncio e chega a se emocionar no momento em que Ernesto também lhe diz que aquela carroça seria sua, caso partisse antes dele.

– Por que está me dizendo isso? O senhor não vai morrer. Penso até que irei primeiro.

Ernesto sorri, desfere em Tião fraco e carinhoso soco no peito, lado esquerdo do coração, e lhe afirma:

– Tudo bem, se você morrer antes, a carroça fica comigo, e os fregueses também.

Os dois riem da piada e adormecem.

40

O RETORNO DE ERNESTO

TIÃO acorda por volta das duas horas da madrugada, ao ouvir a voz de Ernesto, que se encontra falando, mesmo dormindo, e silenciosamente dele se aproxima.

– Judite... Armandinho... – balbucia o velho.

– Judite? Armandinho? Espera aí... estou me lembrando. Judite... Sim, meu Deus! Sabia que o conhecia de algum lugar. É o Ernesto, lá da fazenda. Aquele que sempre tentei prejudicar por inveja e ciúmes. Meu Deus! E ele me conhece. Disse meu nome a ele. E está me ajudando!

E desespera-se, tentando imaginar o que estaria acontecendo com seu benfeitor.

– Ernesto! Ernesto! Acorde!

O velho abre lentamente os olhos e o olha, com carinho e alegria estampados na face.

– Você é o Ernesto, lá da fazenda, que tentei prejudicar, destruindo o gume do machado, entre tantas outras maldades?

– Tião... esqueça isso...

– Como esquecer? Por que está me ajudando?

– Porque... somos... todos... irmãos... Tião...

– Perdão, perdão, Ernesto!

– Nada... tenho... a... perdoar... Tião...

– O que você tem? Está sentindo alguma coisa? O que posso fazer?

– Estou... partindo..., Tião... vieram me buscar... estão... aqui... Judite... Armandinho... pai... mã...

– Você está delirando. Não vai morrer, não. Não pode!

Ernesto, então, com sacrifício, tira um cartão do bolso e o entrega a Tião.

– O que é isto?

– Tião...

E o velho da rua falece, calmo e radiante, sorriso nos lábios. Tião, após tentar de todas as formas reanimá-lo, percebe que já não respira mais, então cerra suas pálpebras e corre, atravessando a rua, em direção aos policiais, relatando o ocorrido e entregando o cartão a eles.

Ao constatarem a morte do velho, um deles diz aos demais:

– Esse santo homem sabia que iria morrer, tanto que me pediu para permitir que este outro tomasse o lugar dele, com a carroça e tudo. Tião é o seu nome, não?

– Sim.

– Você sabe de quem é este cartão?

– Ele apenas me entregou.

– Deixe-me ver – pede outro policial.

E, após examiná-lo, acha melhor ligar para o doutor Nelson.

41

FINAL

NELSON, sua esposa Wilma, Leôncio, Mirtes, Tião e Mário encontram-se no velório da cidade. Somente Antonio não ficara sabendo do falecimento do amigo. Assim que a polícia informara o doutor Nelson sobre o ocorrido, este prontamente tomara todas as providências.

Castro, avisado que foi por Mário, acaba de chegar, e trocam impressões sobre o velho, confidenciando o que dele sabem.

Conclusão unânime é a de que ali se encontra o corpo de um homem extremamente bondoso, correto e, da vida, grande batalhador.

Elogios são tecidos a respeito de seu imenso amor pela esposa e pelo filho e que, com certeza, estaria nesse mesmo instante junto a eles.

Tião muito emocionado se encontra, principalmente porque nunca em sua vida havia presenciado o desprendimento tão grande de um homem que, sem se identificar, soubera perdoar e ainda estender a mão a quem tentara prejudicá-lo.

– Verdadeiro cristão – diz Mirtes, ao saber pelo próprio Tião daquele fato – é aquele que, como o velho da rua, a caridade pratica sem soberba e sem humilhar.

Além dessas seis pessoas, apenas curiosos passantes ali entram para orar pelo finado.

E até padre José, que ali comparecera para prestar suas derradeiras homenagens a uma senhora, fiel da sua igreja, percorrendo outras salas do velório, ao entrar na de Ernesto, prontamente o reconhece, beija-lhe as mãos e fala aos presentes que o conhecera havia poucos dias e que vira nele não somente um homem, mas um anjo encarnado na Terra, de tão humilde, bom e confiante em Deus.

"Esse deve ser o padre de que Ernesto me falou" – pensa o doutor Leôncio. – "Até porque usou o termo encarnado, anjo encarnado".

Ao término do sepultamento, todos vão embora, e Nelson, Wilma, Leôncio e Mirtes, conversando um pouco mais com Tião, dizem-lhe que, como agora se encontraria substituindo Ernesto, que fosse procurá-los quando de auxílio necessitasse, fornecendo a ele endereço e telefone. Castro, por sua vez, adianta-lhe um pouco de dinheiro.

Na manhã seguinte, Antonio, o jornaleiro, acaba de

atender um freguês quando chega um homem e lhe pergunta o nome.

– Sou Antonio, proprietário desta banca. Em que posso servi-lo?

– Preciso conversar alguns minutos com o senhor. Na verdade, gostaria que me indicasse algum ou alguns livros. Meu nome é Leôncio.

FIM

Prezado leitor

Se você gostou dessa leitura, aproveite o ensejo para retribuir o que o Espiritismo lhe tem proporcionado, indicando este livro ou presenteando pessoas que ainda desconhecem essa doutrina de amor.

IDE | Livro com propósito

No ano de 1963, Francisco Cândido Xavier ofereceu a um grupo de voluntários o entusiasmo e a tarefa de fundarem um periódico para divulgação do Espiritismo. Nascia, então, o Instituto de Difusão Espírita - IDE, cujos nome e sigla foram também sugeridos por ele.

Assim, com a ajuda de muitas pessoas e da espiritualidade, o Instituto de Difusão Espírita se tornou uma entidade de utilidade pública, assistencial e sem fins lucrativos, fiel à sua finalidade de divulgar a Doutrina Espírita, por meio de livros, estudo e auxílio (material e espiritual).

Tendo como foco principal as obras básicas de Allan Kardec, a preços populares, a IDE Editora possui cerca de 300 títulos, muitos psicografados por Chico Xavier, chegando a todo o Brasil e em várias partes do mundo.

Agora, na era digital, a IDE Editora foi a pioneira em disponibilizar, para download, as obras da Codificação, em português e espanhol, gratuitamente em seu site: ideeditora.com.br.

Além da editora, o Instituto de Difusão Espírita também se desenvolveu em outras frentes de trabalho, tanto voltadas à assistência e promoção social, como o acolhimento de pessoas em situação de rua (albergue), alimentação às famílias em momento de vulnerabilidade social, quanto aos trabalhos de evangelização infantil, mocidade espírita, artes, cursos doutrinários e assistência espiritual (passes).

Ao adquirir um livro da IDE Editora, você estará colaborando com a divulgação do Espiritismo e com os trabalhos assistenciais do Instituto.

ide

Este e outros livros da *IDE Editora* ajudam na manutenção do baixíssimo preço das *Obras Básicas de Allan Kardec,* mais notadamente *"O Evangelho Segundo o Espiritismo",* **edição econômica.**